語／法／分／析

鄧思穎　著

商務印書館

語法分析

作　　者：鄧思穎

責任編輯：吳一帆

封面設計：張　毅

出　　版：商務印書館 (香港) 有限公司

　　　　　香港筲箕灣耀興道 3 號東滙廣場 8 樓

　　　　　http://www.commercialpress.com.hk

發　　行：香港聯合書刊物流有限公司

　　　　　香港新界大埔汀麗路 36 號中華商務印刷大廈 3 字樓

印　　刷：美雅印刷製本有限公司

　　　　　九龍觀塘榮業街 6 號海濱工業大廈 4 樓 A

版　　次：2020 年 7 月第 1 版第 2 次印刷

　　　　　© 2018 商務印書館 (香港) 有限公司

　　　　　ISBN 978 962 07 0526 7

　　　　　Printed in Hong Kong

目錄

第一章

語法學

　　語言是一個由語音、詞彙、語法等部分構成的系統，可以用來溝通，傳情達意。語言學是一門研究語言的學科，以系統方式研究語言的本質和使用。語法學由詞法學和句法學組成，研究詞法和句法現象，屬於語言學本體研究。生成語法學是一個具解釋能力的語法理論，有助對個別語言作深入的了解，也可作跨語言語法的比較，探索人類語言的共性和個性。

語言學

　　語言是"人類所特有的用來表達意思、交流思想的工具，是一種特殊的社會現象，由語音、詞彙和語法構成一定的系統"（《現代漢語詞典》）。根據這個解釋，"由語音、詞彙和語法構成一定的系統"說明語言構成的方式，從形式的角度描寫語言的組成；"用來表達意思、交流思想的工具"則說明了語言的功用，從功能的角度強調語言可用的一面。結合兩者來看，語言是一個系統，有複雜的組織，而這個系統可以用來溝通，作為傳情達意的工具。

　　認識語言的本質，可通過形式和功能兩方面去了解，也可從多方面的角度作科學的研究、系統的分析，才能做到認識語言，掌握語言知識，解開語言的奧秘。以下這三個基本問題（Chomsky 1986：3），可以作為研究語言的指導方向，有助我們確定研究的目標，選擇正確的方法，對語言作深入的探究。第一個問題有關"語言知識的構成"，是一個重要的研究課題，重點研究語言系統的組成方式、所遵守的規則、各部門的分工等問題，跟結構的組織有關；第二個問題有關"語言知識的獲得"，跟語言習得有關，通過語言習得的方法，探索語言知識形成的過程和所面對的限制；第三個問題有關"語言知識的使用"，研究語言溝通的問題。

一、怎樣構成語言知識？

二、怎樣獲得語言知識？

三、怎樣使用語言知識？

"語言學"是一門研究語言的學科，包括研究語言知識的構成、獲得、使用的問題，即上述的三個問題，尤以第一個問題"語言知識的構成"至為重要，視之為語言學的"本體研究"。通過本體研究，對語言的組成有透徹的了解，尤其是鑽研語言的精密組合，對基本的規律心中有數，確立清晰的定位，才容易回答語言知識的獲得、使用等問題，甚至處理跟其他交叉學科知識的關係時，不會偏離語言之本，不容易迷失方向。

語言學的本體研究，包括音系學（也稱為"音韻學"）、詞法學（也稱為"形態學"）、句法學、語義學等，是語言學研究不可或缺的重要範疇。音系學關心音和音的組合；詞法學主要研究語素和語素的組合、語素和詞的組合、詞和詞的組合等問題；句法學研究詞、短語、小句、句子等成分的組合問題；語義學重要課題之一，是研究意義如何通過規律組合而成。這幾個範疇，都着重組合的問題，研究組合的方式和限制，組合問題可謂形成語言系統的關鍵，也是語言學本體研究的重點。通過研究語言的組合關係，目的在於找出規律，了解語言的本質。簡單來說，研究語言知識的構成，就是研究組合的問題。

詞法和句法

　　詞法學研究詞的內部構造，以語素作為基本單位，主要研究語素和語素的組合、語素和詞的組合、詞和詞的組合等問題；句法學研究句的內部構造，以詞作為基本單位，主要研究詞、短語、小句、句子等成分的組合問題。詞法學和句法學統稱為"語法學"，他們的關係，可以通過 (1) 的簡圖表示。[1] 從圖中所見，詞法學所研究的對象是語素和詞，由語素到詞的關係；句法學所研究的對象是詞、短語、小句、句子，由詞到句子的關係。語法學由詞法學和句法學這兩個範疇組成，研究詞法和句法現象，總覽由語素到句子的組成問題，關心語素、詞、短語、小句、句子等成分的組合。詞法學和句法學的研究雖然有分工，研究對象不一樣，分析的理論也不盡相同，但往往有密切的關係。通過詞法和句法層面，鑽研語言組合的規則和限制，了解人類語言複雜的一面。

1　　圖 (1) 曾用於鄧思穎 (2015：3)，是根據朱德熙 (1982：25) 修改補充而成。朱德熙 (1982：25) 原本句法部分只有 "詞" 和 "句子"，現在把 "短語" 加進來，也把 "小句" 加進來，有別於鄧思穎 (2015：3)。

（1）

詞法學和句法學的區別，可以通過以下的例子說明。

（2） 夏蟲也為我沉默 （《再別康橋》）

（2）的"夏蟲也為我沉默"來自徐志摩的《再別康橋》，有符合詞法規則的詞"夏蟲"、"也"、"為"、"我"、"沉默"，也有符合句法規則的短語，組成各種結構，表示合適的語法關係。（2）既符合詞法規則，又符合句法規則，因此是一個合語法的例子，能夠接受。

（3） ＊蟲夏也為我默沉
（4） ＊沉默為夏蟲也我

相比之下，（3）說起來非常奇怪，完全不知所云。語法學文獻的習慣是加上星號"＊"，表示不能接受。這個例子仍可依稀分為兩大部分："＊蟲夏"和"＊也為我默沉"，分別由"＊蟲夏"和"＊也為我默沉"兩部分組成，語法關係和短語的組成方式好像勉強說得通。然而，組成短語的每個詞卻出了問題，我們不說"＊蟲夏"、"＊默沉"，這些說法，違反了漢語詞法的組合規則。這兩個詞都違反了漢語的詞法。不合詞法要求，也就是不合語法，以星號"*"加以標示。至於（4），雖然"沉默"、"為"、"夏蟲"、"也"、"我"這五個詞都符合漢語的詞法規則，符合詞法的要求，但這五個詞無法組成短語，不可以表示任何語法關係，也根本不能成句，嚴重違反了漢語的句法規則。不合句法要求，也就是不合語法。因此，（4）不合句法，無法接受。（3）和（4）都是不合語法的例子。再看看以下的例子：

（5）　店內外充滿了快活的空氣　《孔乙己》

（6）　*內外店了充滿活快的氣空

（7）　*空氣快活的店內外充滿了

（5）來自魯迅的《孔乙己》，有符合詞法規則的詞"店內外"、"充滿了"、"快活"、"的"、"空氣"，也有符合句法規則的短語，組成合適的結構。（5）符合了詞法和句法規則，屬於合語法的例子。雖然（6）仍可分為"*內外店"和"*了充滿活快的氣空"這兩部分，但每個詞的內部結構違反了漢語詞法的組合規則，"*內外店"、"*了充滿"、"*活快"、"*氣空"的次序顛倒了。至於（7），雖然"空氣"、"快活"、"的"、"店內外"、"充滿了"這五個詞都符合詞法的要求，但無法組成短語，違反了句法的要求。（6）不合詞法，（7）不合句法，兩者都不合語法，打了星號"*"。

語法學是語言學研究不可或缺的重要範疇，屬於語言學本體研究，是一門研究語素、詞、短語、小句、句子等組合規律的學科，由詞法學和句法學兩個部分構成，分別研究詞法問題和句法問題。本書標題的"語法"二字，就是以此作為討論對象。

生成語法學

本書所介紹的短語結構理論，是以"生成語法學"（generative grammar）為基礎，並以此比較漢語和英語語法的異同。"生成語法學"的所謂"生成"，有"明確"（explicit）之義（Chomsky 1995：162，注釋 1）。生成語法學總的研究目的，就是希望建構"明確的語法"，建立一套解釋充分的語法學理論。生成語法學最早由 Chomsky（1957）所提出，主要研究方向是從結構形式入手，探討人類語言的特點。[2]

生成語法學假設每個人的大腦中先天已有一個跟語言有關的裝置，配合後天的學習，這種裝置能衍生出無窮盡的新句子，具有創造性。這個與生俱來的裝置稱為"語言機制"，掌管語言功能。當小孩子一生下來，語言機制的模樣都應該是一

2　有關生成語法學的基本假設，大部分引用鄧思穎（2010）的介紹，綜合了 Chomsky（1995）及以後的發展內容。

樣的，具有普遍性。研究人類語言具有普遍特性的理論稱為
"普遍語法"。所謂"普遍"，就是指人類語言機制有一致性的
一面，而普遍語法是解釋這種一致性的理論。

　　生成語法學的研究重點之一，就是怎樣平衡語言的共性和
個性。[3] 人類有與生俱來的語言機制，所呈現的面貌，體現為
語言共通的一面，那是語言的共性。雖然人類有共通的語言機
制，但並非只有一種語言、一個模樣。實際上，每個語言都不
一樣，有些比較接近，也有些差距較遠，或同中有異，或異中
有同，呈現錯綜複雜的面貌。這些複雜的特點，屬於語言的個
性，都通過後天的學習而成。挖掘語言共性和個性的事實、處
理語言共性和個性的矛盾，基本上就是嘗試區分與生俱來的性
質和靠後天學習的特點，從而建立具解釋能力的語法理論，回
答語言知識構成的問題（Chomsky 1986），更深入了解語言、
了解人類。

　　生成語法學的基本分析，就是通過特定的理論假設、分析
方法、研究精神，可以更好地對個別語言作深入的了解，也可
以此作為基礎，比較跨語言語法的異同，研究人類語言的共性
和個性。句法分析所依賴的樹形圖，就是以形式化、條理化、

3　生成語法學假設普遍語法由"原則"（principles）和"參數"（parameters）組
　　成，研究語言的共性和個性，這個語法學體系也因而稱為"原則與參數理論"
　　（principles-and-parameters framework）（Chomsky 1981）。

簡單化的方式，有助我們描述變化多端的複雜結構，從中找出組織規律，利用較為"具體"的樹形圖，把語言較為"抽象"的共性和個性特點，突顯出來，以形象化的方式，展示在我們的面前，能夠通過視覺把"抽象"的結構看出來。樹形圖的分析原理，並非專門為某一語言設計，而是能適用於所有語言。憑藉這樣形式化的分析工具，比較不同語言的語法就有了比較客觀和科學的標準，好像有了一把通用的尺，方便量度語法異同，為跨語言語法研究提供了便捷的基礎。

凡例

本書一共分為八章：本章"語法學"、第二章"語素和詞"、第三章"詞類"、第四章"語法關係"、第五章"小句和句子"、第六章"句類和句式"、第七章"短語結構理論"、第八章"漢英語法比較"。這八章可歸納為四篇："導論篇"、"詞法篇"、"句法篇"、"理論篇"。

導論篇　第一章：語法學

詞法篇　第二章：語素和詞

句法篇　第三章：詞類

　　　　第四章：語法關係

　　　　第五章：小句和句子

第六章：句類和句式

理論篇　第七章：短語結構理論

第八章：漢英語法比較

"導論篇"介紹本書所採用的理論框架和分析説明。"詞法篇"從詞法學的角度，分析詞的內部結構，討論語素的劃分、詞的構造等問題。"句法篇"從句法學的角度，分析短語、句子的內部結構，討論詞的分類、語法關係和短語結構、小句和句子的區別、四種基本句類、常見的句式等問題。"詞法篇"和"句法篇"的討論作為漢語語法學的基本介紹，是理論分析的基礎知識，也可作為一般教學語法之用，可跟常見的語法體系對照比較。"理論篇"以生成語法學為理論基礎，通過樹形圖的介紹，分析基本的句法結構，比較漢語和英語語法的異同。

對較為"傳統"語法體系感興趣的讀者，可以參考"詞法篇"和"句法篇"兩部分，以此作為基礎，認識漢語語法學的基本知識，掌握語法的術語和基本概念。對生成語法學感興趣的讀者，可以參考"理論篇"，了解短語結構理論的基本操作，尤其是利用樹形圖分析漢語句子結構，並比較漢語和英語語法的異同，提出更多的問題，作為研究課題，開展比較語法的研究。

本書所分析的例句，來自四篇經典的現代漢語白話文著作：魯迅的《孔乙己》、梁啟超的《敬業與樂業》、聞一多的《也許──葬歌》（以下簡稱《也許》）、徐志摩的《再別康橋》。
《孔乙己》是魯迅的短篇小說，最早發表在 1919 年 4 月《新青
年》第六卷第四號。《敬業與樂業》是梁啟超在 1922 年於上海
中華職業學校的講話。《也許》最早在 1926 年的《京報副刊》
上發表，後來收錄在 1928 年出版的詩集《死水》。《再別康橋》
是徐志摩在 1928 年創作，刊登於《新月》月刊第一卷第十號，
並收錄於《猛虎集》。來自這四篇著作的例句，本書都會一一
註明出處。

　　這四篇文學作品涵蓋了短篇小說、散文、新詩等不同文學
體裁，題材內容和寫作手法多元化，充分代表了文學藝術的精
湛造詣，也反映了現代漢語的語法特點。這些作品出自著名作
家手筆，是白話文的典範作品，在華人社會有很大的影響力，
往往選為語文科的學習篇章，在語文教學方面有一定的代表
性。筆者調查了 2015 至 2017 年出版的八本香港暢銷的高中中
國語文科教科書，統計得出合共有 238 篇白話文文章，其中包
括 74 篇作為精讀的講讀文章。在 238 篇白話文文章當中，《孔
乙己》和《再別康橋》全被八本教科書選用，有六本教科書選
用《敬業與樂業》，有五本選用《也許》。在 74 篇講讀文章當
中，《孔乙己》全被八本教科書選用，有四本教科書選用《敬
業與樂業》和《再別康橋》，有三本選用《也許》。這些統計數
字，顯示了這四篇篇章在香港中學中國語文科課程裏，是最常
用的篇章，在語文教學上有重要的地位。事實上，這四篇篇章

從 1993 至 2006 年都作為香港中學會考的白話文範文，為教學和考試的指定教材。

至於第八章“漢英語法比較”的英語例子，除部分來自語言學文獻常用的語句或自造的例子外，主要選用楊憲益、戴乃迭兩位翻譯《孔乙己》（Yang and Yang 1963）的英語句子，並一一註明出處，方便跟《孔乙己》原文例句作比較，容易解說漢語和英語的語法異同。

除漢語和英語的比較外，在適當的地方，還會選用粵語（以香港粵語為代表）的例句，簡單比較普通話和粵語的語法差異。通過方言語法比較，更能突顯漢語多姿多彩的面貌，更好地分析現代漢語的語法特點，加深我們對語法學的認識。

“詞法篇”和“句法篇”所勾畫的語法體系略為“傳統”，已廣為現代漢語教科書所採用，適用於普通話和粵語語法的描述。本書以此為基礎，既可以照顧大多數讀者的習慣，又可以跟其他常見的語法體系作對照，方便轉換。雖然這兩篇的討論偏向採用較為“傳統”的術語，但都能配合“理論篇”的分析，容易轉換為生成語法學的術語和概念。作適當的調節後，可套用到“理論篇”的分析，並可跟英語語法作比較。本書期望以簡約的內容、簡易的術語，把較為“傳統”的語法體系和生成語法學的短語結構理論連接起來，成為一個統一的體系，方便讀者了解兩者的精髓，掌握基本的操作，應用到語法分析，滿足不同的需要。

本書各章節的安排，基本參考《粵語語法講義》（鄧思穎 2015）的體例。"詞法篇"和"句法篇"的語法體系，以《語法講義》（朱德熙 1982）為藍本，再以《現代漢語》（黃伯榮、廖序東 2007a，b）作為補充，提出一個綜合、簡約的語法體系。既適用於普通話語法，又能應用到粵語語法。至於語法術語及其定義，主要引用《語法講義》，以《現代漢語》作為補充，並根據《粵語語法講義》的綜合內容，略作修改，而不再註明出處。"導論篇"和"理論篇"的部分內容，包括生成語法學術語的中文翻譯和定義，主要引用《形式漢語句法學》（鄧思穎 2010），並對該書所描繪的短語結構理論，略作修改和簡化，以符合本書的目的，而不再指出兩者的異同。本書所用的語言學術語，部分跟文獻常見的或許有異。為方便討論和閱讀，羅列於下，以漢語拼音排序，以便對照查考。

(8) 語言學術語差異對照表

本書的術語	其他著述的術語
詞序	語序
從屬小句	從句、偏句、分句
短語	詞組
反覆問句	正反問句
感歎詞	歎詞
關係小句	定語從句
後綴	詞尾
話題	主題

本書的術語	其他著述的術語
句末助詞	語氣詞
連謂句	連動句
聯合關係	並列關係
聯合結構	並列結構
聯合式	並列式
擬聲詞	象聲詞、摹聲詞、狀聲詞
評述	評論
述賓關係	動賓關係
述賓結構	動賓結構
述賓式合成詞	動賓式合成詞
述補關係	動補關係
述補結構	動補結構
述補式合成詞	動補式合成詞
述語	動語
無定	不定指
音系學	音韻學、聲韻學
有定	定指
語義學	語意學
主導小句	主句、正句、分句

　　至於例句的表達方式，本書採用語言學慣用的做法，用星號 "*" 表示不合語法。至於粵語的例句，依從《方言》的做法，[4] 在粵語例句的後面，用小號字體把普通話的翻譯寫出來。普通

4　指中國社會科學院語言研究所主辦的語言學專業雜誌《方言》，1979 年由北京商務印書館出版創刊號。

話的標音用漢語拼音，粵語的標音用香港語言學學會粵語拼音方案（簡稱"粵拼"）。為了方便閱讀，粵語詞的拼音不連寫。

　　本書所提出的語法分析，適用於研究和教學，並輔以經典白話文的例句和粵語例子詳加討論。詞法方面，本書揭示了各類複合詞不平均分佈的現象，並從經典白話文篇章的統計數據得到印證。句法方面，本書所提出的13類詞類、五種基本結構、小句和句子的劃分，不僅適用於普通話和粵語語法的分析，用到英語語法的分析，也有一定的普遍性。至於短語結構理論的分析，尤其是借助樹形圖的分析，發現所謂五種基本結構、小句和句子，都由相同的句法操作產生，並可通過數量極有限的形式組成。這種句法分析，在漢語和英語都同樣行得通，顯示了語言共性的一面，也能照顧語言個性的差異。本書的研究，對提升對"兩文三語"（即中文和英文的"兩文"，普通話、粵語、英語的"三語"）語法特點的認識，了解他們的語法異同，都有幫助。

　　目前漢語語法學界有多種流行的語法體系，無論在研究還是在教學方面，都各有特色、各有所長。本書所提出的語法體系，有別於其他的體系，不僅是一個簡約的框架，有利於研究和教學，也希望能結合傳統和形式理論，適用於跨方言、跨語言的語法比較，更有效地尋找語言的共性和個性，開闊視野，尋求突破。

　　呂叔湘（1979）在《漢語語法分析問題》曾指出，撰寫該書的主要用意，是"安撫一下要求有一個説一不二的語法體系的同志們的不耐煩情緒，讓他們了解，體系問題的未能甚至不可能定於一，不能完全歸咎於語法學者的固執或無能"。本書所提出的分析，雖然還有很多地方值得斟酌，沒到"説一不二"的境界，但期望能為漢語語法、跨方言、跨語言的語法比較，提供一個可以操作的工具，以此作為基礎，繼續探究。本書撰寫的精神，以及"語法分析"的定名，就是本於此宗旨。

第二章

語素和詞

　　語素是最小的語法單位，有單音節語素、多音節（包括雙音節）語素。詞是語素之上的語法單位，有單純詞、合成詞。單純詞劃分為單音節單純詞和多音節單純詞。多音節單純詞包括疊音詞、聯綿詞、音譯外來詞、其他。合成詞有複合式、附加式、重疊式。複合式合成詞再細分為主謂式、述賓式、述補式、偏正式、聯合式五種，分佈並不平均。

語素

　　語素是語法最小、有意義的而且具備形式的語言成分，是最小的語法單位。這裏所講的"形式"，從口語的角度來考慮，可以理解為語音。因此，語素也可以簡單理解為"最小的音義結合體"。

　　語素是語法最小的單位，再切分的話，在語法裏，就沒有意思。以 (1) 的"工"為例：

　　(1)　做工的人　（《孔乙己》）

　　這裏的"工"是一個語素，包含了形式和意義兩部分。形式方面，普通話的語音體現為"gōng"這個音節，[1] 而粵語的語音則體現為"gung1"這個音節；意義方面，"工"理解為"工作、生產勞動"(《現代漢語詞典》)。如果我們光説"gōng"或"gung1"而沒有賦予任何意義，它不算是一個語素。雖然普通話的音節"gōng"可以切分為輔音"g"、元音"o"、輔音"ng"、陰平調等部分，而粵語的音節"gung1"可以切分為輔音"g"、元音"u"、輔音"ng"、陰平調等部分，但每個部分都沒有任何

---

[1]　"音節"是一個音系學的概念，是音系的一個單位。以漢語的情況而言，元音是組成音節的核心，也可跟輔音結合成為音節。一般的音節區分為聲母、韻母，而聲調為構成漢語音節的一個重要成分。

意義，都不算語素。

現代漢語的語素絕大部分是單音節，即由一個音節組成一個語素，如"人"、"我"、"說"、"新"、"最"、"嗎"等。有些語素是雙音節，如"蚯蚓"、"蝙蝠"、"喉嚨"。也有些語素是多音節，如作為人名的"孔乙己"。計算語法最小的單位是語素，不是數漢字，也不是光數音節。請看以下的例子 (2)：

(2)　也許你聽着蚯蚓翻泥　《也許》

按漢字來算，(2) 一共有九個字；按語音來算，一共有九個音節。從語法的角度考慮，這個例子一共有八個語素，那就是"也"、"許"、"你"、"聽"、"着"、"蚯蚓"、"翻"、"泥"。每個語素，都有語音和意義，是兩者的結合體。"也"表達了委婉；"許"表示可能；"你"指向聽話者；"聽"是一個用耳朵接受聲音的行為；"着"表示動作的持續，雖然較虛，但也有意義；"翻"是一個上下移動物體的動作；"泥"是含水的土，這些例子，都屬於單音節的語素。至於"蚯蚓"，較為特殊，"蚯"本身沒有意義，而"蚓"也沒有意義，只有"蚯"和"蚓"合起來成為"蚯蚓"才有意義，用作指向一種動物。"蚯"不算是一個語素，"蚓"也不算是一個語素，"蚯蚓"才算是一個語素，一個由兩個音節組成的語素。

(3)　我在這裏喊破喉嚨來講　《敬業與樂業》

例子（3），按漢字來算，一共有十個字；按語音來算，一共有十個音節。從語法的角度考慮，（3）這個例子一共有九個語素，那就是"我"、"在"、"這"、"裏"、"喊"、"破"、"喉嚨"、"來"、"講"，"我"、"在"、"這"、"裏"、"喊"、"破"、"來"、"講"這九個語素是單音節語素，而"喉嚨"的"喉"本來有意義，就是指介於咽和氣管之間的部分，有條件成為一個語素，但"嚨"卻沒有意義，必須跟"喉"合起來才有意義，指咽和喉，因此，"喉嚨"不能分拆，算作一個語素，一個雙音節的語素。

現代漢語常見的多音節語素，是音譯外來詞，典型的例子好像人名如"蘇格拉底"（Socrates）、"喬姆斯基"（Chomsky）、地名如"俄羅斯"（Russia）、"墨西哥"（Mexico）。請看以下例子（4）的"法國"：

（4）　我從前看見一位法國學者著的書　（《敬業與樂業》）

"法國"雖然是個外國國名，但可以分拆為"法"和"國"，"法"是一個縮略語，是"法蘭西"（France）的簡稱，表示這個地方的專名；"國"用作通名，表示"法蘭西"的類別屬性，"法"和"國"都有不同的意義，分別屬於兩個不同的語素。至於縮略前的"法蘭西"，不能分拆，"法"、"蘭"、"西"這三個音節只是用來音譯"France"，各自在"France"的對譯中並沒有意義。雖然"法"、"蘭"、"西"這三個漢字本身有意思，分別表示法度、植物、方向，但"法蘭西"作為國家名字，跟法度、植物、方向都沒有任何關係，也不是法度、植物、方向三個意思的總和。"法"、"蘭"、"西"這三個音節，純粹是借音，用來翻譯"France"。因此，"法蘭西"屬於一個三音節的語素。雖然"法國"和"法蘭西"都指稱相同的國家，但前者由兩個語素組成，後者是一個語素。"法國"這個例子，跟以下的"康橋"相似：

（5）　沉默是今晚的康橋　（《再別康橋》）

例子（5）的"康橋"，是翻譯"Cambridge"的舊稱，以"康"音譯"Cam"，而"橋"意譯"bridge"，各自的意義不同，屬於兩個不同的語素。[2] 至於當代較為通用的叫法"劍橋"，情況也差不多，以"劍"音譯"Cam"，[3] "劍"和"橋"仍然屬於兩個不同的語素。

（6）　聽那細草的根兒吸水　（《也許》）

例子（6），按漢字來算，一共有九個字；按普通話的語音來算，一共有八個音節，那就是"聽"、"那"、"細"、"草"、

2　英語原文的"Cambridge"也是由兩個語素組成："Cam"和"bridge"。

3　"劍"的粵語讀音"gim3"跟英語"Cam"較為接近，而"康"的普通話讀音"kāng"跟"Cam"較為相似。

"的"、"根兒"、"吸"、"水","根兒"雖然用了兩個漢字,但普通話的實際讀音是"gēnr"(或讀作"gēr"),當中的"兒"只有一個輔音"r",不自成音節,屬於"兒化"成分,跟前面的"根"(gēn)合成一個音節。以普通話的標準,"根兒"只有一個音節。雖然只有一個音節,但應該分拆為"gēn"和"r"兩部分,前者指植物在土中生長的底部,而後者可表示細小,有所謂"小稱"的作用。屬於單音節的"根兒"由兩個不同的語素組成,因此,(6)這個例子,雖然只有八個音節,卻有九個語素。[4]

漢字、音節、語素是三個不同的概念,漢字是文字的單位、音節是語音的單位、語素是語法的單位。文字、語音、語法是三個不同的範疇,互不從屬,三者不一定有直接的關係。在大多數的情況下,一個字是一個音節,又是一個語素,如(1)的"工",但這種關係不是必然的。一個語素可以是單音節,也可以是多音節(如"蚯蚓"、"法蘭西"),甚至不能成為音節(如普通話"根兒"的"兒");一個音節可以是一個語素,寫成一個漢字(如"工"),也可以是兩個語素,寫成兩個漢字(如普通話的"根兒"),甚至不成語素(如"喉嚨"的"嚨")。如果不寫漢字,純粹用拼音拼寫,如把(6)的例子

4　用粵語來考慮的話,"根兒"讀"gan1 ji4",屬於雙音節。然而,"根兒"是普通話詞彙,不是粵語詞彙。

轉寫成以下（7）的漢語拼音，[5] 一樣可以分析為九個語素，分別是 "tīng"、"nà"、"xì"、"cǎo"、"de"、"gēn"、"r"、"xī"、"shuǐ"。語素是 "最小的音義結合體"，基本上只考慮語音和意義所結合的單位就足夠了。

（7）　tīng nà xì cǎo de gēnr xī shuǐ

詞

詞（word）是語素之上的語法單位，是最小的能夠單獨做句法成分或單獨起語法作用的語言成分。這裏所説的 "單獨做句法成分或單獨起語法作用"，也可以簡單理解為"獨立運用"。

語素組成詞。有些詞由一個語素組成，也有些語素不能單獨成詞。先比較以下的兩個例子：

（8）　幸虧薦頭的情面大　《孔乙己》
（9）　幸而寫得一筆好字　《孔乙己》

例子（8）的 "大"，單獨做句法成分（即謂語），跟 "薦頭

5　暫時不考慮漢語拼音分詞連寫的問題。

的情面"構成主謂關係。"大"是語素，也能夠單獨成詞。"大"有兩個身份，既是語素，又是詞，是由一個語素所組成的詞。至於"幸"，是一個語素，有形式（普通話讀"xìng"，粵語讀"hang6"），有意義（表示幸福、幸運）。不過，在現代漢語裏，"幸"不能單獨做句法成分，也不起語法作用，不能獨立運用。它的出現，必須跟另一個語素一起，如 (8) 的"虧"和 (9) 的"而"，分別跟"幸"組成"幸虧"和"幸而"。以"幸虧"為例，"幸"是一個語素，但不是詞；"幸虧"是詞，由兩個語素組成，"幸"表示幸運，"虧"表示僥倖，這兩個語素結合起來，能夠單獨做句法成分。 (8) 的"幸虧"單獨做句法成分，擔當狀語，跟後面的"薦頭的情面大"構成偏正關係；(9) 的"幸而"也能單獨做句法成分，擔當狀語，跟後面的"寫得一筆好字"構成偏正關係。"幸虧"、"幸而"是詞，但"幸"卻不是。

（10）難道不做工就不苦嗎 （《敬業與樂業》）

例子 (10) 的"嗎"，有形式，有意義，是一個語素。雖然不能做句法成分，但能單獨起語法作用，表示疑問，也符合獨立運用的定義，應該分析為一個詞。至於 (10) 的"難道"，有"難"和"道"的用例，這兩個語素在現代漢語裏分別有獨立運用的能力，如 (11) 的"難！難！"顯然是獨立運用語素"難"，用作謂語，指向一個沒說出來的主語；(12) "答他道"

的"道"，是一個謂語，能獨立運用。

（11）獨獨對於這兩種人便搖頭歎氣説道："**難！難！**"
　　　《敬業與樂業》）

（12）懶懶的答他**道**　（《孔乙己》）

（11）和（12）的"難"和"道"都屬於詞，不過，跟上述
（10）的"難道"不同。（10）的"難"和"道"，各自不單獨做
句法成分，也不起語法作用，而是合起來用——"難道"，
用來修飾"不做工就不苦"。因此，"難道"是一個詞，一個
由兩個語素所組成的詞。按照這樣分析，"難道不做工就不苦
嗎"一共有八個詞"難道"、"不"、"做"、"工"、"就"、"不"、
"苦"、"嗎"，由九個語素組成"難"、"道"、"不"、"做"、
"工"、"就"、"不"、"苦"、"嗎"。

之前所舉的例子（8）"幸虧薦頭的情面大"，可以作出以
下的分析，有八個語素，五個詞。

語素：幸、虧、薦、頭、的、情、面、大
詞　：幸虧、薦頭、的、情面、大

至於（2）的"也許你聽着蚯蚓翻泥"，可以分析為八個語
素，六個詞。

語素：也、許、你、聽、着、蚯蚓、翻、泥
詞　：也許、你、聽着、蚯蚓、翻、泥

　　至於（3）的"我在這裏喊破喉嚨來講"，可以分析為九個
語素，七個詞。

語素：我、在、這、裏、喊、破、喉嚨、來、講

詞　：我、在、這裏、喊破、喉嚨、來、講

　　詞是語素之上的語法單位。有些語素能單獨成詞（如
"大"），有些語素不能單獨成詞（如"幸"）。不能成為語素的成
分，就肯定不能成詞（如"蚓"）。雖然"幸虧"和"蚯蚓"都是
雙音節的詞，但前者由兩個語素組成（"幸"和"虧"），而後者
由一個語素組成（"蚯蚓"）。語素和詞並非對立矛盾的概念，
有些成分能身兼兩職，既是一個語素，又是一個詞，如"大"
和"蚯蚓"。

　　漢字和語素沒有直接的關係，而漢字和詞的關係則更疏
遠。《孔乙己》、《敬業與樂業》、《也許》、《再別康橋》這四篇
篇章，一共有 4,773 個漢字，但只有 3,096 個詞、3 個不能成
詞的語素、[6] 43 個短語、熟語、古漢語。把重複的詞合併計
算，稱為"詞條"，這四篇篇章的詞條實際上只有 1,170 個。使
用頻率最高的 10 個詞，列於表（13），作為參考。"的"是詞
頻最高的詞，排在首位。

6　這 3 個"不能成詞的語素"包括"漲紅的臉色漸漸復了原"（《孔乙己》）的"原"、
　　"茴香豆的茴字"（《孔乙己》）的第二個"茴"、"無論別的甚麼好處"（《敬業與樂
　　業》）的"別"。

（13） 四篇篇章的詞頻統計

	詞頻
的	157
一	84
不	74
我	74
是	69
他	45
便	42
這	39
人	36
孔乙己	32

詞的構造

詞可以劃分為“單純詞”和“合成詞”。單純詞由一個語素組成，合成詞由兩個或兩個以上的語素組成。按照音節的數量，單純詞可以劃分為單音節單純詞和雙音節／多音節單純詞。雙音節／多音節單純詞包括疊音詞、聯綿詞、音譯外來詞、其他。

《孔乙己》、《敬業與樂業》、《也許》、《再別康橋》這四篇篇章的詞條，一共有 1,170 個。在這些詞條當中，合成詞佔了較大的比例，見表 (14) 的數字。不過，從上述表 (13) 的例子所見，按詞頻來算的話，首十個使用頻率最高的詞，都是單純詞。

(14) 四篇篇章的單純詞、合成詞

	詞條數目	百分比
單純詞	338	28.9%
合成詞	832	71.1%

單音節單純詞由一個單音節的語素所組成。在這四篇篇章當中，詞頻最高的首九個詞，都是單音節單純詞："的"、"一"、"不"、"我"、"是"、"他"、"便"、"這"、"人"。雙音節單純詞由兩個音節的語素組成，多音節單純詞由兩個音節以上的語素組成，包括疊音詞、聯綿詞、音譯外來詞、其他。

疊音詞通過重複一個音節而成，這種重複音節的語素由兩個相同的音節組成。重複之後合起來，屬於一個語素，而不是兩個語素。以下 (15)、(16) 的 "悄悄" 是疊音詞，普通話讀作 "qiāoqiāo"，單音節的 "悄"（qiāo）是沒有意思，[7] 只有重複形成雙音節才構成一個語素，並用作一個雙音節單純詞。

7　按照《現代漢語詞典》，"qiāo" 和 "qiǎo" 的 "悄" 是不同的，前者不是語素，後者表示沒有聲音或聲音很低，是一個語素。《廣韻》的 "悄" 只有一個讀音：親小切，上聲。粵語也只有一個讀音 "ciu2"。

（15）把他本日應做的工**悄悄**地都做了　（《敬業與樂業》)）

（16）**悄悄**的我走了　（《再別康橋》）

聯綿詞由兩個音節組成，前後兩個音節有些相似之處，不能分拆使用。語音相同的特點，如雙聲、疊韻。常見的雙聲聯綿詞，如"伶俐"（普通話"línglì"，粵語"ling4 lei6"，都有相同聲母"l"）、"蜘蛛"（普通話"zhīzhū"，有相同聲母"zh"；粵語"zi1 zyu1"，有相同聲母"z"）、"尷尬"（普通話"gāngà"，粵語"gaam3 gaai3"，都有相同聲母"g"）；常見的疊韻聯綿詞，如"窈窕"（普通話"yǎotiǎo"，有相同韻母"ɑo"；粵語"jiu2 tiu5"，有相同韻母"iu"）、"逍遙"（普通話"xiāoyáo"，有相同韻母"ɑo"；粵語"siu1 jiu4"，有相同韻母"iu"）。有些雙音節單純詞，前後兩個音節雖然語音上不相似，但關係比較密切，也可算作聯綿詞，如之前提及的"蚯蚓"、"蝙蝠"、"喉嚨"。[8]

音譯外來詞可以是單音節，也可以是雙音節和多音節。之前提及的"法國"的"法"，只是借過來音譯"France"的唇齒音部分"f"，跟法度、方法等意義無關；"法國"的"法"其實是一個縮略語，原本是"法蘭西"，借來音譯"France"，是一個多音節的音譯外來詞。

8　"蚯蚓"的普通話讀音"qiūyǐn"，聲母不同；中古音的聲母也不同，"蚯"屬於溪母，"蚓"屬於以母。不過，粵語的"蚯蚓"（jau1 jan5）有相同聲母"j"。

　　其他類型的雙音節／多音節單純詞，如（17）的人名“孔乙己”、（18）的“曾文正”。孔乙己雖然姓孔，但“乙己”並不是他的名，只是取自描紅紙上的“上大人孔乙己”。這個人名的“孔”、“乙”、“己”，各自沒有意思，合起來用才有意義，指向某一個人物。這類屬於專有名稱的人名，可以當作單純詞，不能分拆。類似的原則，也可以適用於“曾文正”，都屬於多音節的單純詞。[9]

（17）替他取下一個綽號，叫作**孔乙己**　（《孔乙己》）

（18）**曾文正**說：“坐這山，望那山，一事無成。”（《敬業與樂業》）

　　合成詞由兩個或兩個以上的語素組成。合成詞有三類：複合式、附加式、重疊式。《孔乙己》、《敬業與樂業》、《也許》、《再別康橋》這四篇篇章的詞條，一共有 1,170 個，合成詞有 832 個，佔了較大的比例。在合成詞當中，複合式佔了最大的比例。

9　也有一種分析把姓和名當作兩個不同的語素。按照這種分析，“曾文正”就是由“曾”和“文正”組合而成，屬於合成詞。“曾文正”的漢語拼音拼寫作“Zēng Wénzhèng”而不是“Zēngwénzhèng”，人名的分詞連寫規則或許可作為參考。

（19） 四篇篇章的合成詞

	詞條數目	百分比
複合式	631	75.8%
附加式	176	21.2%
重疊式	25	3%

複合式合成詞由兩個詞根語素結合而成。詞根（root）表示詞的基本詞彙意義，由這種方式產生的合成詞也可稱為"複合詞"。複合詞的組合方式，按照語法關係來分類，包括主謂式、述賓式、述補式、偏正式、聯合式五種。

述賓式包含兩個詞根，前一個詞根表示動作行為，而後一個詞根表示該動作行為所關涉、支配的對象。

（20） 雖然沒有甚麼**失職**　（《孔乙己》）

（21） 不是**淘神**，便是**費力**　（《敬業與樂業》）

（20）的"職"、（21）的"神"、"力"分別是"失"、"淘"、"費"這些動作行為所關涉、支配的對象，組成述賓式複合詞"失職"、"淘神"、"費力"。

述補式包含兩個詞根，前一個詞根表示動作行為，而後一個詞根表示該動作行為的結果、狀態、趨向，有一種補充、說明的效果。

（22） 怎麼會**打斷**腿　（《孔乙己》）

（23）孔乙己**睜大**眼睛說　《孔乙己》

（24）忠實從心理上**發出來**的便是敬　《敬業與樂業》

　　（22）的"斷"是"打"的結果，（23）的"大"是"睜"的狀態，而（24）的"出來"表示了"發"的趨向。

　　偏正式包含兩個詞根，前一個詞根修飾後一個詞根。按照被修飾的詞根所屬的詞類，偏正式可以劃分為兩個小類："定中式"和"狀中式"。所謂定中式，被修飾的詞根（即"定中式"的"中"）屬於體詞；而所謂狀中式，被修飾的詞根（即"狀中式"的"中"）屬於謂詞。

（25）每每花四文**銅錢**　《孔乙己》

（26）我把**黃土**輕輕蓋着你　《也許》

（27）我**深信**人類合理的生活應該如此　《敬業與樂業》

（28）**滿載**一船星輝　《再別康橋》

　　（25）的"銅"、（26）的"黃"分別修飾"錢"、"土"，而"錢"、"土"是體詞，"銅錢"、"黃土"屬於定中式複合詞；（27）的"深"、（28）的"滿"分別修飾"信"、"載"，而"信"、"載"是謂詞，"深信"、"滿載"屬於狀中式複合詞。

　　聯合式所包含的兩個詞根，或許意義相同相近、或許意義相關、或許意義相反。

（29）便免不了偶然做些**偷竊**的事　《孔乙己》

（30）**勞作**便是**功德** （《敬業與樂業》）

（31）我所説**是否**與《禮記》、《老子》原意相合 （《敬業與樂業》）

　　（29）"偷竊"的"偷"和"竊"，意義相同；（30）"勞作"的"勞"和"作"、"功德"的"功"和"德"，意義相近；（31）"是否"的"是"和"否"，意義相反。這些複合詞，都屬於聯合式。

　　主謂式包含兩個詞根，後一個詞根用來陳述前一個詞根，常見的例子如"地震"、"心疼"、"膽怯"。不過，主謂式往往可以重新分析為偏正式，如"地震"、"心疼"、"膽怯"的"地"、"心"、"膽"，可以重新理解為用作修飾"震"、"疼"、"怯"，表示這些動作行為發生的處所，構成偏正關係（鄧思穎2008a，b，2014）。

　　附加式由詞根和詞綴構成。詞根表示詞的基本意義，即意義較為"實"的詞彙意義；詞綴（affix）表示一些附加的意義，如較為"虛"的語法意義，形式上有黏着的特性，不能單獨使用，必須跟別的語素合成一個詞。通過把詞綴黏附在詞根的構詞方式，稱為附加式。

　　按照出現的位置，詞綴分為"前綴"（prefix）、"後綴"（suffix）。前綴黏附在詞根前，後綴黏附在詞根後。

（32）到**第**二年的端午 （《孔乙己》）

（33）便對不起這一天裏頭**所吃**的飯 （《敬業與樂業》）

（32）的"第"是前綴，黏附在"二"，以"二"作為詞根，構成附加式合成詞，表示序數。（33）的"所"是前綴，黏附在"吃"，以"吃"作為詞根，構成附加式合成詞，"所"的作用是指向賓語"飯"。

（34）孔乙己便**漲紅了**臉　（《孔乙己》）

（35）怕的是我這件事**做得**不妥當　（《敬業與樂業》）

（36）他們往往要親眼**看着**黃酒從**罈子裏**舀出　（《孔乙己》）

（37）便免不了**偶然**做些偷竊的事　（《孔乙己》）

（34）的"漲紅了"，"了"是黏附在"漲紅"的後綴；（35）的"得"是黏附在"做"的後綴；（36）的"着"是黏附在"看"的後綴；"裏"是黏附在"罈子"的後綴，而"罈子"的"子"也是一個後綴，黏附在"罈"，以"罈"作為詞根；（37）"然"多黏附在副詞或形容詞，如"偶"。除了這些例子外，黏附在謂詞的"着"、"過"、黏附在體詞的"們"、"頭"、"兒"、表示方位的"裏"、"外"、"上"、"下"、"前"、"後"等，也是常見的後綴。

重疊式由相同的詞根語素重疊構成。

（38）他**常常**用兩句格言教訓弟子　（《敬業與樂業》）

（39）我**輕輕**的招手　（《再別康橋》）

（40）便替人家**鈔鈔**書　（《孔乙己》）

（38）的"常常"、（39）的"輕輕"、（40）的"鈔鈔"，當中的"常"、"輕"、"鈔"本來就是能夠成詞的語素，單獨構成單純詞，"常"是副詞，"輕"是形容詞，"鈔"等於"抄"，是動詞。通過重疊詞根語素，形成重疊式合成詞。重疊式合成詞跟疊音詞不同，重疊式是語素的重疊，而疊音詞是雙音節的單純詞（如（15）、（16）的"悄悄"），只是音節的重複，單音節本身沒有意義（如普通話讀作"qiāo"的"悄"），不是語素，也不是詞根。

根據上述詞法的二分法分類，漢語的詞劃分為單純詞、合成詞兩大類。合成詞之下，再細分為複合式、附加式、重疊式三個小類。按照這樣的分類，以下的例子可分析如下：

（41）波光裏的豔影，在我的心頭盪漾　《再別康橋》

> 語素　：波、光、裏、的、豔、影、在、我、的、心、
> 頭、盪、漾
> 詞條　：波光裏、的、豔影、在、我、心頭、盪漾
> 單純詞：的、在、我
> 合成詞：波光裏、豔影、心頭、盪漾
> 複合式：豔影、盪漾
> 附加式：波光裏、心頭

（41）這個例子一共有 13 個語素。這 13 個語素，組成 8 個詞。把重複的"的"合併計算的話，只有 7 個詞條。"的"、

"在"、"我"是單音節單純詞，"波光裏"、"豔影"、"心頭"、"盪漾"是合成詞。"豔影"、"盪漾"是複合式；"豔影"的"豔"修飾"影"，構成偏正式，由於"影"是體詞，"豔影"屬於定中式；"盪漾"的"盪"表示搖動，"漾"表示水的微動，兩者意義相近，構成聯合式。"波光裏"、"心頭"是附加式，"裏"、"頭"是分別黏附在詞根"波光"、"心"的後綴。

複合詞的不對稱現象

複合詞（複合式合成詞）的五種類型，即主謂式、述賓式、述補式、偏正式、聯合式，是組成複合詞的基本類型，也構成句法層面的基本語法關係。雖然這五種類型都是常見的複合詞，但分佈卻並不平均，呈現不對稱現象。

《孔乙己》、《敬業與樂業》、《也許》、《再別康橋》這四篇篇章一共有 832 個合成詞，而複合詞有 631 個。這些複合詞沒有主謂式，只有述賓式、述補式、偏正式、聯合式。偏正式合共有 302 個詞條，佔複合詞詞條總數的 47.9%，接近一半。偏正式分為定中式和狀中式，定中式佔總數的 33.1%，有三分之一之多，算是這四篇篇章最常見的複合詞。聯合式的數量也不少，有 138 個詞條，佔 21.9%。

（42）四篇篇章的複合詞

	詞條數目	百分比
述賓式	92	14.6%
述補式	99	15.7%
偏正式（定中式）	209	33.1%
偏正式（狀中式）	93	14.7%
聯合式	138	21.9%

《孔乙己》、《敬業與樂業》、《也許》、《再別康橋》這四篇篇章，使用頻率最高的五個複合詞，列於下表。位於榜首的"沒有"，都來自《孔乙己》和《敬業與樂業》。"沒"修飾"有"，而"有"是謂詞，構成狀中式的複合詞。雖然定中式的詞條數目最多，但從詞頻來看，反而擠不進首五位，比不上狀中式、聯合式。[10]

（43）四篇篇章複合詞的詞頻

	類別	詞頻
沒有	狀中式	26
職業	聯合式	19
掌櫃	述賓式	16
自己	聯合式	16
説道	聯合式	11

---

10 定中式的"人生"有七個用例，排列詞頻的第九位。

　　至於定中式，在這四篇篇章裏，詞頻最高的是"人生"，都來自《敬業與樂業》一文。

（44）四篇篇章定中式複合詞的詞頻

	詞頻
人生	7
人類、茴香豆	5
別人、怎樣、這樣、長衫	4

粵語的詞法

　　本書所採用的詞法分類標準，也適用於粵語。粵語也有單純詞、合成詞，沒有本質上的區別。合成詞當中，粵語同樣有複合式、附加式、重疊式，而複合式合成詞再細分為主謂式、述賓式、述補式、偏正式、聯合式五種，跟普通話的分類是一樣的。

　　不過，粵語的詞法有兩點值得注意：一、動詞後綴非常豐富；二、各類複合詞（複合式合成詞）的分佈不平均。

　　動詞後綴非常豐富。粵語動詞後綴有接近 40 個，意義涵蓋體、事件、程度、變化、量化、情態這六個範疇（鄧思穎 2015）。跟時間相關的體（aspect），就這一個範疇而言，粵語的動詞後綴就起碼可以劃分為完成體、經歷體、實現體、進行體、存續體、開始體、持續體等。這些複雜的意義，都可以通過動詞後綴一一體現出來，分工井然，形式和意義的配合十分巧妙。從《孔乙己》、《敬業與樂業》、《也許》、《再別康橋》這四篇篇章所見，最常用的動詞後綴，就只有表示體的"了"、"着"、"過"和表示狀態補語的"得"。普通話的"了"、"着"、"過"、"得"，在粵語也找得到對應的成分，分別是完成體的"咗"（zo2）、進行體的"緊"（gan2）、經歷體的"過"（gwo3）、標示狀態補語的"得"（dak1）和"到"（dou3）。至於這五個例子以外的30多個粵語後綴，就沒有對等的普通話後綴。動詞後綴數量上的豐富，成為粵語語法的一個顯著特色。

複合詞不平均的分佈。粵語複合詞的分佈，一樣呈現不平均的現象。不過，跟《孔乙己》、《敬業與樂業》、《也許》、《再別康橋》這四篇篇章的複合詞相比（見表（42）的統計數字），粵語的聯合式複合詞明顯少得多。以下的數字，來自 9,301 個粵語雙音節複合詞（鄧思穎 2015：66）。相同之處，是偏正式佔最多，而大部分都屬於定中式。相異之處，就是聯合式的比例，那四篇篇章的聯合式佔了 21.9%，但粵語的聯合式只有7.9%。此外，粵語的述補式只佔 4.2%，而述補式在那四篇篇章佔 15.7%，兩者有較大的差距。這些都是粵語和普通話詞法差異之處。

（45）粵語雙音節複合詞

	詞條數目	百分比
主謂式	219	2.4%
述賓式	2,569	27.6%
述補式	388	4.2%
偏正式（定中式）	4,924	52.9%
偏正式（狀中式）	470	5.1%
聯合式	731	7.9%

小結

　　語素是語法最小、有意義的而且具備形式的語言成分，是最小的語法單位。按照音節來劃分，有單音節語素、雙音節 / 多音節語素。詞是語素之上的語法單位，是最小的能夠單獨做句法成分或單獨起語法作用的語言成分。語素和語素的組合、語素和詞的組合、詞和詞的組合等問題，屬於詞法現象，是詞法學的研究範圍。

　　根據語素的數量，詞劃分為單純詞、合成詞。單純詞由一個語素組成，合成詞由兩個或兩個以上的語素組成。單純詞方面，按照音節的數量，可以劃分為單音節單純詞和雙音節 / 多音節單純詞。雙音節 / 多音節單純詞包括疊音詞、聯綿詞、音譯外來詞、其他。合成詞有三類：複合式、附加式、重疊式。複合式合成詞又叫作複合詞，細分為主謂式、述賓式、述補式、偏正式、聯合式五種，分佈並不平均。

第三章

詞類

　　詞類是詞的分類。詞有 13 類：名詞、量詞、數詞、區別詞、代詞、動詞、形容詞、副詞、介詞、連詞、助詞、擬聲詞、感歎詞。詞包括實詞、虛詞兩大類，還有一些較為特殊的其他類別。名詞、量詞、數詞、區別詞、代詞、動詞、形容詞屬於實詞，副詞、介詞、連詞、助詞屬於虛詞。擬聲詞和感歎詞屬於比較特殊的詞類。實詞有體詞和謂詞之分，名詞、量詞、數詞、區別詞、體詞性代詞屬於體詞，而動詞、形容詞、謂詞性代詞屬於謂詞。

詞類的劃分

　　"詞類"是詞的分類，是以詞的語法功能來劃分，語法功能包括詞充當句法成分的能力，還有跟其他成分的組合能力。句法成分包括主語、謂語、述語、賓語、補語、定語、狀語。

　　詞劃分為實詞、虛詞兩大類，還有一些較為特殊的其他類別。根據朱德熙（1982）所提出的標準，實詞是開放類，即創造新的實詞較為自由、較為容易，能夠做主語、賓語或謂語，絕大部分能單說，位置不固定，而意義上，實詞主要表示事物、動作、行為、變化、性質、狀態、處所、時間等。虛詞是封閉類，即較難創造新的虛詞，不能做主語、賓語或謂語，絕大部分不能單說，位置是固定的，而意義上，虛詞只起語法作用，本身沒有甚麼具體的意義，或表示一些較為抽象的邏輯、語法概念。

　　實詞劃分為"體詞"和"謂詞"。體詞主要做主語和賓語，一般不做謂語；謂詞主要做謂語。虛詞就沒有體詞和謂詞的區分。漢語的詞劃分為 13 類：名詞、量詞、數詞、區別詞、代詞、動詞、形容詞、副詞、介詞、連詞、助詞、擬聲詞、感歎詞。實詞包括名詞、量詞、數詞、區別詞、代詞、動詞、形容詞這七種詞類，虛詞包括副詞、介詞、連詞、助詞這四種詞類。擬聲詞和感歎詞既不是實詞，又不是虛詞，屬於比較特殊的詞類。實詞有體詞和謂詞之分，名詞、量詞、數詞、區別詞、體詞性代詞屬於體詞，而動詞、形容詞、謂詞性代詞屬於謂詞。詞類的劃分，總結於下。

（1） 實詞和虛詞

實詞	體詞	名詞、量詞、數詞、區別詞、體詞性代詞
	謂詞	動詞、形容詞、謂詞性代詞
虛詞		副詞、介詞、連詞、助詞
其他		擬聲詞、感歎詞

《孔乙己》、《敬業與樂業》、《也許》、《再別康橋》這四篇篇章，一共有 1,170 個詞條，實詞的數量比虛詞多得多。至於其他類別，就只有感歎詞，僅有一例，沒有擬聲詞。

（2） 四篇篇章的實詞和虛詞

	詞條數目	百分比
實詞	997	85.2%
虛詞	172	14.7%
其他	1	0.1%

實詞當中，動詞的詞條佔最多，名詞次之，再其次是形容詞。動詞和名詞是最典型、分佈最廣的詞類。

（3）　四篇篇章的實詞

	詞條數目	百分比
名詞	382	38.3%
量詞	38	3.8%
數詞	21	2.1%
區別詞	6	0.6%
代詞	40	4%
動詞	405	40.6%
形容詞	105	10.5%

至於虛詞，副詞詞條的數量最多，超過虛詞總數的一半。

（4）　四篇篇章的虛詞

	詞條數目	百分比
副詞	108	62.8%
介詞	23	13.4%
連詞	30	17.4%
助詞	11	6.4%

根據這些數字，名詞、動詞、形容詞、副詞應該是漢語最常用、分佈最廣的詞類。

實詞 —— 體詞

實詞屬於開放類，能夠做主語、賓語或謂語，絕大部分能單說，位置不固定，而意義上，實詞主要表示事物、動作、行為、變化、性質、狀態、處所、時間等。實詞劃分為體詞和謂詞。體詞包括名詞和跟名詞相關的詞類，包括名詞、量詞、數詞、區別詞、體詞性代詞，以名詞作為典型代表，主要做主語和賓語，一般不做謂語。

名詞　名詞主要做主語和賓語，可跟量詞（名量詞）搭配，但不受副詞修飾，例如可以説"三本書"，但卻不能説"*很書"。意義上，名詞主要表示人、事物、時間、處所、方位等。

按詞頻來計算，在《孔乙己》、《敬業與樂業》、《也許》、《再別康橋》這四篇篇章裏，詞頻最高的五個名詞依次是"人"（36 次）、"孔乙己"（32 次）、"事"（25 次）、"職業"（19 次）、"掌櫃"（16 次），如以下的例子。

（5）　獨獨對於這兩種**人**便搖頭歎氣説道　（《敬業與樂業》）

（6）　**孔乙己**睜大眼睛説　（《孔乙己》）

（7）　凡做一件**事**，便忠於一件**事**　（《敬業與樂業》）

（8）　我並不是不想找**職業**　（《敬業與樂業》）

（9）　**掌櫃**正在慢慢的結賬　（《孔乙己》）

　　量詞　量詞出現在數詞之後，一般不能做句法成分。意義上，量詞表示計算單位。量詞劃分為三類：名量詞、動量詞、時量詞。名量詞表示人和事物的計算單位，動量詞表示動作行為的計算單位，時量詞跟時間有關。

　　在以下的例子，"一條水草"的"條"是名量詞；"一回"的"回"是動量詞，屬於專用的動量詞；"幾聲"的"聲"也屬於專用的動量詞；也有些動量詞是重複動詞，如"一考"的"考"；"一天"的"天"是時量詞。

（10）我甘心做一**條**水草　《再別康橋》

（11）有一**回**對我說道　《孔乙己》

（12）才可以笑幾**聲**　《孔乙己》

（13）我便考你一**考**　《孔乙己》

（14）便對不起這一**天**裏頭所吃的飯　《敬業與樂業》

　　（15）的"些"比較特殊，表示不定量，前面的數詞只能是"一"，不能是別的數詞，"＊兩些、＊三些"是不能說的。

（15）一**些**不懂了　《孔乙己》

　　按詞頻來計算，在《孔乙己》、《敬業與樂業》、《也許》、《再別康橋》這四篇篇章裏，詞頻最高的量詞是名量詞"個"（20 次），如以下的例子。由於"個"跟名詞的搭配比較靈活，適用範圍比較廣，因此又稱為"通用量詞"。

（16）沒有一**個**顧客 （《孔乙己》）

（17）一**個**精力充滿的壯年人 （《敬業與樂業》）

　　大多數的量詞都是單音節，如上述的"個"、"條"、"回"、"天"。量詞可以重疊，構成重疊式合成詞，表示全稱量化（universal quantification），有每一、逐一的意思。（18）的"條條"表示每一條，作為"綻出"的主語；（19）的"天天"表示每一天，用作修飾"勞作"的狀語。

（18）額上的青筋**條條**綻出 （《孔乙己》）

（19）人生在世，是要**天天**勞作的 （《敬業與樂業》）

　　數詞　數詞通常跟量詞結合。意義上，數詞表示數目、次序。數詞大致上劃分為兩類："基數詞"和"序數詞"。基數詞表示數量多少，包括係數詞，如以下（20）、（21）的"一"、"半"；位數詞，如（22）的"十"；概數詞，如（23）加在數詞之後的"多"；除了加上概數詞外，還可以連用鄰近數詞表示概數，如（24）"兩三天"的"兩三"。

（20）不帶走**一**片雲彩 （《再別康橋》）

（21）孔乙己喝過**半**碗酒 （《孔乙己》）

（22）直到八**十**歲 （《敬業與樂業》）

（23）這是二十**多**年前的事 （《孔乙己》）

（24）大約是中秋前的**兩三**天 （《孔乙己》）

序數詞表示次序，如加上前綴"第"的"第一"、"第二"，構成一個附加式合成詞。

（25）**第一**要敬業　（《敬業與樂業》）

（26）到**第二**年的端午　（《孔乙己》）

基數詞一般跟量詞連用。數詞和量詞可跟名詞搭配。如（27）的"兩句話"；不一定要有名詞，如（28）的"兩句"。但數詞不能直接跟名詞連用，也不能單獨使用，（29）的"＊兩話"、（30）的"＊兩"都不能接受。

（27）我生平受用的有兩句話　（《敬業與樂業》）

（28）我生平受用的有兩句

（29）＊我生平受用的有兩話

（30）＊我生平受用的有兩

區別詞　區別詞主要的作用是做定語，不能受程度副詞"很"修飾，不能做謂語、主語、賓語，否定用"不是"，而不用"不"。從意義來講，區別詞所表示的是人和事物的屬性，是一種分類標準。單音節區別詞不多，雙音節區別詞的數量比較多。

根據《現代漢語詞典》的分類，"全副"、"惟一"、"所有"、"主觀"、"客觀"、"暫時"都屬於區別詞。[1]

（31）將**全副**精力集中到這事上頭　（《敬業與樂業》）

（32）孔乙己是站着喝酒而穿長衫的**惟一**的人　（《孔乙己》）

（33）**所有**喝酒的人便都看着他笑　（《孔乙己》）

（31）的"全副"用來修飾名詞"精力"，作為"精力"的定語，不能跟程度副詞"很"和否定副詞"不"結合，"*很全副"、"*不全副"是不能接受的。(32)的"惟一"用來修飾名詞"人"，加上了"的"，作為"人"的定語，"*很惟一"、"*不惟一"是不能接受的；(33)的"所有"用來修飾"喝酒的人"，是"喝酒的人"的定語，不能說"*很所有"、"*不所有"。這三個例子都屬於典型的區別詞。

至於 (34) 的"主觀"、"客觀"，也屬於區別詞。

（34）須知苦樂全在**主觀**的心，不在**客觀**的事　（《敬業與樂業》）

（35）**暫時**記在粉板上　（《孔乙己》）

雖然"主觀"、"客觀"用來修飾名詞，作為名詞的定語，

1　《現代漢語詞典》把區別詞稱為"屬性詞"，作為形容詞的一個小類。區別詞又稱為"非謂形容詞"（呂叔湘、饒長溶 1981，胡裕樹等 1995 等）。有關區別詞在漢語語法的性質，可參考呂叔湘、饒長溶（1981）、郭銳（2002）等的討論。

也有分類的作用，但"很主觀"、"不客觀"這樣的說法能夠接受，而"主觀"、"客觀"也能做謂語。至於"暫時"，雖然有分類作用，沒有"＊很暫時"、"＊不暫時"的說法，符合區別詞的標準，但（35）的"暫時"卻用來修飾"記在粉板上"，用作狀語，跟典型的區別詞有異。

　　代詞　代詞有代替、指示的作用。有的代詞是體詞，有的是謂詞。體詞類的代詞主要做主語、賓語、定語。代詞劃分為三個小類：人稱代詞、指示代詞、疑問代詞。人稱代詞屬於體詞類，語法功能跟名詞相似，如以下例子的"我"、"你"、"他"。複數形式加上後綴"們"，如（39）的"我們"。

（36）**我**輕輕的招手　《再別康橋》

（37）也許**你**真是哭得太累　《也許》

（38）替**他**取下一個綽號，叫作孔乙己　《孔乙己》

（39）有些人看着**我們**好苦　《敬業與樂業》

以下的"人家"、"別人"、"自己"，都屬於人稱代詞。

（40）你一定又偷了**人家**的東西了　《孔乙己》

（41）品行卻比**別人**都好　《孔乙己》

（42）一定把事情做糟了，結果**自己**害**自己**　《敬業與樂業》

指示代詞和疑問代詞區分為體詞類和謂詞類。指示代詞

"這"、"那"屬於體詞類，近指用"這"，遠指用"那"。"每"和"有的"也是指示代詞，屬於體詞類，都有量化的作用，"每"表示全稱量化，而"有的"表示部分量。

（43）於是**這**一羣孩子都在笑聲裏走散了 （《孔乙己》）

（44）**那**一天便絕對的不肯吃飯 （《敬業與樂業》）

（45）現在**每**碗要漲到十文 （《孔乙己》）

（46）**有的**叫道 （《孔乙己》）

後綴"裏"可以黏附於"這"、"那"，構成表示處所的體詞類指示代詞。

（47）我在**這裏**喊破喉嚨來講 （《敬業與樂業》）

疑問代詞有問事物的，如"甚麼"；有問人的，如"誰"，既屬於疑問代詞，又屬於人稱代詞；有體詞類指示代詞，如"哪"；有謂詞類指示代詞，如"怎麼樣"；"哪"和"怎麼樣"既屬於疑問代詞，又屬於指示代詞。

（48）百行**甚麼**為先 （《敬業與樂業》）

（49）**誰**曉得 （《孔乙己》）

（50）至於我該做**哪**一種勞作呢 （《敬業與樂業》）

（51）後來**怎麼樣** （《孔乙己》）

實詞 —— 謂詞

動詞　動詞常做謂語或述語，也可做補語。有些動詞可加"了"、"過"、"着"等後綴，有些能帶賓語。按照帶不帶賓語的標準，動詞劃分為及物動詞和不及物動詞。不帶賓語的動詞是不及物動詞，帶賓語的動詞是及物動詞。"買"帶賓語"一樣葷菜"，屬於及物動詞。"咳嗽"不帶賓語，屬於不及物動詞。

（52）那就能**買**一樣葷菜　（《孔乙己》）

（53）那麼叫蒼鷺不要**咳嗽**　（《也許》）

及物動詞分為兩類，一類是帶體詞賓語（如名詞短語），一類是帶謂詞賓語（如動詞短語、小句）。帶體詞賓語的動詞如（52）的"買"，後面的"一樣葷菜"是"買"的賓語，屬於體詞賓語；（54）的"偷"，後面的"東西"是"偷"的賓語，屬於體詞賓語。帶謂詞賓語的動詞如（55）的"應該"，後面的賓語"記着"是動詞短語，屬於謂詞賓語；（56）的"覺得"後面的賓語"他的確長久沒有來了"是小句，屬於謂詞賓語。

（54）你又**偷**了東西了　（《孔乙己》）

（55）這些字**應該**記着　（《孔乙己》）

（56）我才也**覺得**他的確長久沒有來了　（《孔乙己》）

意義上，動詞表示動作、行為、心理活動或存在、變化、消失等。以下例子的"哭"表示動作行為、"怕"表示心理活動、"死"表示存在變化、"是"表示判斷、"應該"表示能願、"來"表示動作的趨向。

（57）也許你真是**哭**得太累　（《也許》）

（58）**怕**的是我這件事做得不妥當　（《敬業與樂業》）

（59）許是**死**了　（《孔乙己》）

（60）這一回**是**現錢　（《孔乙己》）

（61）這種現象**應該**如何救濟　（《敬業與樂業》）

（62）正如我輕輕的**來**　（《再別康橋》）

形容詞　形容詞是受程度副詞修飾而不能帶賓語的謂詞。意義上，表示性質、狀態。形容詞劃分為兩個小類：性質形容詞、狀態形容詞。性質形容詞單純表示事物恆久的屬性，是靜態的，可以受程度副詞修飾，如（63）的"遠"，可以受程度副詞"很"修飾。狀態形容詞有描寫性，表示短暫的變化，是動態的，不再受程度副詞修飾，如：（64）的"輕輕"，不能受程度副詞修飾，"* 很輕輕（的）"是不能說的；（65）的"熱熱"也一樣，"* 很熱熱（的）"是不能接受的。"輕"、"熱"是性質形容詞，可以受程度副詞修飾，如"很輕"、"很熱"，但重疊後的"輕輕"、"熱熱"卻是狀態形容詞。

（63）我暗想我和掌櫃的等級還很**遠**呢　《孔乙己》

（64）正如我**輕輕**的來　《再別康橋》

（65）**熱熱**的喝了休息　《孔乙己》

受程度副詞修飾的謂詞不一定是形容詞。受程度副詞修飾而能帶賓語的謂詞，屬於動詞，而不是形容詞，如（66）的"可以"，受"很"修飾，但帶上賓語"為敬業兩個字下註腳"，應分析為動詞，而不是形容詞。受程度副詞修飾而不能帶賓語的謂詞才是形容詞。這是動詞和形容詞的差異。

（66）但很**可以**為敬業兩個字下註腳　《敬業與樂業》

代詞　代詞有代替、指示的作用。有的代詞是體詞，有的是謂詞。謂詞類代詞主要做謂語、狀語、補語。謂詞類代詞只有指示代詞、疑問代詞，沒有人稱代詞。以下的"這麼"、"那麼"、"這樣"是謂詞類指示代詞。

（67）別人也便**這麼**過　《孔乙己》

（68）**那麼**你先把眼皮閉緊　《也許》

（69）大抵沒有**這樣**闊綽　《孔乙己》

"怎麼"、"怎麼樣"是謂詞類疑問代詞。"怎麼"通常用來問方式，但在特定的語境下，如（70）的"怎麼"在助動詞"會"之前，用作狀語，修飾"會來"，用來問原因（蔡維天

2000，2007，Tsai 2008，鄧思穎 2009，2011，Tang 2015 等），甚至有反詰的味道，帶點否定的語氣。

（70）他**怎麼**會來？ （《孔乙己》）

（71）的"怎麼樣"用作謂語，陳述一個無聲的主語，指向語境中提及的孔乙己。在《孔乙己》一文中，回答（71）的"怎麼樣"所問的內容，就是用了謂詞組成的短語回答，如"先寫服辯，後來是打，打了大半夜，再打折了腿"，說明了這個"怎麼樣"屬於謂詞類疑問代詞。

（71）後來**怎麼樣**？ （《孔乙己》）

虛詞

虛詞是封閉類，不能做主語、賓語或謂語，絕大部分不能單說，位置是固定的，而意義上，虛詞只起語法作用，或表示某種邏輯概念，本身沒有甚麼具體的意義。體詞和謂詞是用來分類實詞的，虛詞沒有體詞和謂詞之分。虛詞包括副詞、介詞、連詞、助詞。

副詞 副詞只能做狀語，主要的功能就是用來限制、修飾謂詞，置於謂詞的左邊，如以下表示方式的"親眼"、表示程

度的"最"、表示範圍的"都"、表示時間的"常常"、表示否定
的"不"、表示情態的"總是"、表示語氣的"難道"等。還有
一些副詞表示處所,常見的例子如"四處"、"隨處",在《孔乙
己》、《敬業與樂業》、《也許》、《再別康橋》這四篇篇章卻沒有
表示處所的副詞。

（72）我前天**親眼**見你偷了何家的書　《孔乙己》

（73）惟有朱子解得**最**好　《敬業與樂業》

（74）總不能把四肢、五官**都**擱起不用　《敬業與樂業》

（75）他**常常**用兩句格言教訓弟子　《敬業與樂業》

（76）但我**不**能放歌　《再別康橋》

（77）**總是**滿口之乎者也　《孔乙己》

（78）**難道**不做工就不苦嗎　《敬業與樂業》

雖然形容詞和副詞都可以用來修飾謂語,用作狀語,但形
容詞本身可以做謂語,副詞卻不能。（79）的"頹唐"是形容
詞,修飾謂語"仰面答道",本身也可以做謂語,如"孔乙己很
頹唐";（72）的"親眼"是副詞,修飾謂語"見你偷了何家的
書",但"親眼"不能做謂語,"＊我親眼"是不能說的。這是
形容詞和副詞的差異。

（79）孔乙己很頹唐的仰面答道　《孔乙己》

介詞　介詞的作用在於引出與動作相關的對象、處所、時

間等。介詞必須帶上賓語，組成介詞短語。表示與動作相關對象的介詞如以下（80）的"對"；（81）、（82）表示時間、處所的"在"、"從"；（83）表示方式的"用"；（84）表示目的的"為"等。介詞後面的賓語，跟介詞組成介詞短語，如"對人"、"在我的心頭"、"從粉板上"、"用兩句格言"、"為生活"、"為勞動"，這些介詞短語，往往用來修飾謂詞，作為狀語，置於謂詞之前。

（80）他**對**人說話，總是滿口之乎者也　（《孔乙己》）

（81）**在**我的心頭盪漾　（《再別康橋》）

（82）**從**粉板上拭去了孔乙己的名字　（《孔乙己》）

（83）他常常**用**兩句格言教訓弟子　（《敬業與樂業》）

（84）人類一面**為**生活而勞動，一面也是**為**勞動而生活　（《敬業與樂業》）

有些介詞，性質較為特殊，跟典型的介詞並不一樣，可以當作介詞的一個特殊小類。以下的"把"和"被"，屬於這一種特殊類別。

（85）那麼你先**把**眼皮閉緊　（《也許》）

（86）敬字……可惜**被**後來有些人說得太精微　（《敬業與樂業》）

緊接在（85）"把"後面的成分是"眼皮閉緊"，這裏的

"把"表達了一種致使意義（Huang 1992，Sybesma 1992，鄧思穎 2004），有一種促使、導致的意思。這種句式，又稱為"處置句"。緊接在（86）"被"後面的成分是"後來有些人說得太精微"，"被"前面應該有個主語，就是指向"敬字"。"被"在這裏的作用是連接前面所指的"敬字"和後面的"後來有些人說得太精微"，表示了"敬字"受到"後來有些人說得太精微"的影響，這就是所謂被動意義。由"被"所構成的句式，又稱為"被動句"（Huang 1999，Ting 1995，1998，馮勝利 1997，Tang 2001）。[2] 這些特殊的介詞，甚至可以當作動詞的一類，稱為"次動詞"（王力 1984〔1944〕）、"助動詞"（丁聲樹等 1961）、"副動詞"（呂叔湘、朱德熙 1979）。

　　連詞　連詞起連接作用，用來連接短語、小句，表示並列、選擇、遞進、轉折、條件、因果等關係。連詞劃分為兩類，一類連接短語，如（87）的"和"連接"人"和"書籍紙張筆硯"這兩個名詞短語，（88）的"或者"連接"鹽煮筍"和"茴香豆"這兩個名詞短語；另一類連接小句，如（89）的"如果"連接"出到十幾文"和"那就能買一樣葷菜"這兩個小句，（90）的"倘若"連接"不是安心躲懶"和"我敢相信他一定能得到相當職業"這兩個小句。

2　有關"把"的句法分析，還有"被"詞類的爭論，可以參考鄧思穎（2010）的綜合介紹。

（87） 便連人**和**書籍紙張筆硯 （《孔乙己》）

（88） 便可以買一碟鹽煮筍，**或者**茴香豆 （《孔乙己》）

（89） **如果**出到十幾文，那就能買一樣葷菜 （《孔乙己》）

（90） **倘若**不是安心躲懶，我敢相信他一定能得到相當職
業 （《敬業與樂業》）

助詞 附着在小句上，出現在句末，表示時間、焦點、程
度、感情等意義；也有些附着在短語、小句上，表示結構關
係，如以下的例子：

（91） 我整天的靠着火，也須穿上棉襖**了** （《孔乙己》）

（92） 怎樣才能把一種勞作做到圓滿**呢** （《敬業與樂業》）

（93） 不能寫**罷** （《孔乙己》）

（94） 難道不做工就不苦**嗎** （《敬業與樂業》）

（95） 你讀過書**麼** （《孔乙己》）

（96） 做工好苦**呀** （《敬業與樂業》）

（91）的"了"表示時間；(92)的"呢"有表示焦點的功
能，用以強調句子所表達的新信息；(93)的"罷"表達了說話
人的主觀認定，有評價的作用，表示揣測，書面上也可寫作
"吧"；(94)的"嗎"表達了疑問，跟說話人對說話內容所相
信的程度有關，也可以寫作（95）的"麼"，是"嗎"的變體；
（96）的"呀"表示感情，跟說話人的態度、情感有關，也可

以寫作"啊"。這些助詞,出現在句末,可稱為"句末助詞"。由於往往跟句子的語氣、口氣相關,又稱為"語氣詞"。

漢語有兩個"了",一個是黏附在謂詞的後綴,跟謂詞組成附加式合成詞,屬於詞法現象;另一個是助詞,在句末出現,屬於句法現象。前者是不成詞的語素,後者是詞。雖然兩者讀音一樣,也寫成同一個漢字,但語法性質並不一樣。如果有賓語的話,可以用賓語來劃界,賓語前的"了"是後綴,賓語後的"了"是助詞。比較 (97) 和 (98) 的"了":

(97) 他打折了腿了　(《孔乙己》)

(98) 你又偷了東西了　(《孔乙己》)

在例子 (97),賓語"腿"前的"了"是後綴,跟"打折"組成合成詞,"腿"後的"了"是助詞。在例子 (98),賓語"東西"前的"了"是後綴,跟"偷"組成合成詞,"東西"後的"了"是助詞。

這兩個"了",在普通話是同音,都讀輕聲的"le",但在粵語,兩者讀音不同,分工清晰。(98) 在粵語可以説成 (99),後綴"了"對應為後綴"咗"(zo2),助詞"了"對應為助詞"喇"(laa3),兩者不會相混。

(99) 你又偷**咗**嘢**喇**　你又偷了東西了

如果謂詞出現在句末,而後頭有"了",那個"了"確實有歧義，即可以是後綴，又可以是助詞，甚至也可以理解為兩者的合音。(100) 的 "死了"，可以理解為 "死了了"，由於普通話不允許兩個同音的 "了" 連用，這兩個 "了" 合音，變成一個 "了"。這個例子，在粵語可以說成 (101) 的 "死咗喇"。(100) 表面上的一個 "了"，可以對應為粵語的 "咗" 和 "喇"，讀音不同，不會混淆。

（100）大約孔乙己的確死**了** 《孔乙己》

（101）大概孔乙己真係死**咗喇** <small>大約孔乙己的確死了</small>

也有些附着在短語、小句上，表示結構關係，尤其是修飾成分和被修飾成分之間的關係。在以下的例子裏，"的" 附着在名詞短語 "社會上"、形容詞短語 "緩緩"、小句 "專管溫酒" 後，表示這些成分用作定語或狀語，分別修飾後面的 "蛀米蟲"、"飛"、"一種無聊職務"。

（102）簡直是社會上**的**蛀米蟲 《敬業與樂業》

（103）我叫紙錢兒緩緩**的**飛 《也許》

（104）便改為專管溫酒**的**一種無聊職務了 《孔乙己》

書面上，標示狀語的 "的" 也可以寫作 (105) 的 "地"。作為助詞，"的" 和 "地" 在普通話同音，都讀作輕聲的 "de"。《中學教學語法系統提要 (試用)》曾對 "的" 和 "地" 的區分問題有過這樣的建議：

　　過去曾經不分，並未引起混亂，而通行的分寫辦法在教學上不無困難，事實上也確有疑難情況，所以根據許多教師的建議，提倡不分。但是目前報刊文章和許多著作中大都是分寫的（雖然分得不妥當的屢見不鮮），因此不作硬性規定，願意分寫的儘管分寫，只要分得對就行（定語用"的"，狀語用"地"）。

　　簡單來說，標示定語的助詞一定用"的"，標示狀語的助詞可以是"地"，也可以是"的"，從分從合都可以。即使同一個作者的筆下，甚至同一篇章，標示狀語的助詞有"地"有"的"，如（105）和（106）這兩例。此外，並非凡有狀語都一定要用助詞，（107）同樣用了狀語"慢慢"，但沒有助詞。

（105）慢慢**地**坐喝　（《孔乙己》）
（106）掌櫃正在慢慢**的**結賬　（《孔乙己》）
（107）坐着用這手慢慢走去了　（《孔乙己》）

　　標示定語和狀語的助詞，在粵語分工清晰，並不同音：標示定語的助詞是"嘅"（ge3），標示狀語的助詞是"噉"（gam2）。以下的例子，修飾成分同樣是"好慢"（很慢），（108）的"好慢嘅"是定語，修飾體詞"人"；（109）的"好慢噉"是狀語，修飾謂詞"飲"。如果顛倒來用，就不能接受，如錯用了"噉"標示定語的（110）、錯用了"嘅"標示狀語的（111）。

（108）好慢**嘅**人　很慢的人

（109）好慢**嗷**飲　很慢地喝

（110）＊好慢**嗷**人

（111）＊好慢**嘅**飲

雙音節的"似的"也屬於助詞，表示比況，前面的"彩虹"用來修飾"夢"。

（112）沉澱着彩虹**似的**夢　（《再別康橋》）

其他詞類

擬聲詞可做謂語，但不能做主語、賓語。部分感歎詞不能做謂語。跟副詞不同，擬聲詞和感歎詞可以單獨使用，甚至獨立成句。因此，擬聲詞和感歎詞既像實詞，又像虛詞，既不是實詞，又不是虛詞，屬於比較特殊的詞類，當作"其他詞類"。

擬聲詞　模擬聲音的詞，又叫"象聲詞"。可以做狀語、定語、謂語、補語，也可以單獨成句，常見的例子有"呼呼"、"嘩嘩"、"噹噹"等。

感歎詞　表示感歎和呼喚、答應的詞，如（113）的"哦"。其他常見的例子還有"唉"、"啊"、"哼"、"咦"、"嗯"、"喂"、

"哎唷"等。

（113）掌櫃説："**哦**！"（《孔乙己》）

粵語的詞類

　　粵語的詞也同樣可以劃分為 13 類（鄧思穎 2015）：名詞、量詞、數詞、區別詞、代詞、動詞、形容詞、副詞、介詞、連詞、助詞、擬聲詞、感歎詞，跟本書的分類一樣。粵語跟普通話的差別，不是詞類劃分的不同，而是詞彙形式的不同，還有詞彙數量多寡的差異。

　　粵語實詞方面，不少屬於"通用詞"，即借用普通話的詞語，或跟普通話通用的詞語，例如"人"、"事"、"職業"、"偷"、"應該"、"遠"等。有些實詞卻是粵語獨特的詞語，只用於粵語，不見於普通話，如：名詞"馬騮"（maa5 lau1）（猴子）、"尋日"（cam4 jat6）（昨天）；概數詞"零"（leng4）（來）；量詞"嚿"（gau4 或 gau6）（塊）、"啲"（di1）（些）；區別詞"疏堂"（so1 tong4）（堂，表親屬關係）；代詞"佢"（keoi5）（他）、"呢"（ni1）（這）；"乜嘢"（mat1 je5）（甚麼）；動詞"睇"（tai2）（看）、"鍾意"（zung1 ji3）（喜歡）；形容詞"靚"（leng3）（漂亮）、"企理"（kei5 lei5）（整齊）等。粵語和普通話的實詞，主要是詞彙形式的不同，不是分類的不同。

至於虛詞，粵語和普通話都有副詞、介詞、連詞、助詞，但不少是粵語獨有的詞語，不見於普通話，如：副詞"唔"（m4）（不）、"仲"（zung6）（還）；介詞"喺"（hai2）（在）；連詞"同埋"（tung4 maai4）（和）、"定"（ding6）（還是）；助詞"咁滯"（gam3 zai6）（差不多，幾乎）、"啩"（gwaa3）（揣測）。除了詞彙形式的不同外，粵語的句末助詞起碼有四十多個，比普通話豐富得多，成為粵語語法的一個顯著特點。

至於不屬於實詞和虛詞的擬聲詞和感歎詞，粵語也有些特有的詞彙，如擬聲詞"嘟"（dyut1 或 dut1）、"時時沙沙"（si4 si4 saa4 saa4）；感歎詞"吓"（haa2）（表示疑問）、"嗱"（naa4）（表示祈使）等。

小結

詞類是詞的分類，按照形式的考慮，以詞的語法功能來劃分。詞有 13 類：名詞、量詞、數詞、區別詞、代詞、動詞、形容詞、副詞、介詞、連詞、助詞、擬聲詞、感歎詞。名詞、動詞、形容詞、副詞應該是漢語最常用、分佈最廣的詞類。

詞包括實詞、虛詞兩大類，還有一些較為特殊的其他類別。名詞、量詞、數詞、區別詞、代詞、動詞、形容詞這七種詞類屬於實詞，副詞、介詞、連詞、助詞這四種詞類屬於虛詞。擬聲詞和感歎詞既不是實詞，又不是虛詞，屬於比較特殊的詞類。

實詞有體詞和謂詞之分，體詞主要做主語和賓語，一般不做謂語；謂詞主要做謂語。虛詞就沒有體詞和謂詞的區分。名詞、量詞、數詞、區別詞、體詞性代詞屬於體詞，而動詞、形容詞、謂詞性代詞屬於謂詞。

第四章

語法關係

　　短語是詞以上的單位，作為詞和小句之間的一個層次。短語內各個成分之間，構成五種語法關係：主謂關係、述賓關係、述補關係、偏正關係、聯合關係。短語以此劃分為五種類型：主謂結構、述賓結構、述補結構、偏正結構、聯合結構。主謂結構是所有小句都不可缺少的結構。述賓結構的賓語有兩類：體詞類賓語和謂詞類賓語。述補結構的補語包括狀態補語和趨向補語，狀態補語有兩類：描寫補語和結果補語。偏正結構有兩類：定中結構和狀中結構。聯合結構可表示並列關係、選擇關係等。

短語

語法學研究分為詞法和句法。句法研究的單位以詞為基礎，詞以上的單位叫"短語"，也是詞和小句之間的一個層次。短語的所謂"短"，其實跟長短（音節數量）無關。以音節數量來算，短語可以比詞短，如（1）的"喝完"是雙音節的詞（動詞），不成短語，"酒"是單音節的短語（名詞短語）。

（1）　他喝完酒　（《孔乙己》）

短語也可以比小句長，如（2）的"亂蓬蓬的花白的鬍子"，有九個音節，是短語（名詞短語），（3）的"尋夢"只有兩個音節，卻是小句、句子。"短語"的所謂"短"，是指比小句為小的層次，在小句之下的一個單位，跟音節多少無關。

（2）　亂蓬蓬的花白的鬍子　（《孔乙己》）
（3）　尋夢？　（《再別康橋》）

短語的結構不一定比詞複雜，一個短語可以由詞和多個短語組成，也可以只由一個詞形成短語。以（4）的"溫了酒"為例：

（4）　我溫了酒　（《孔乙己》）

　　“溫了酒”是短語（動詞短語），當中的“酒”是由一個詞（名詞）組成的短語（名詞短語），再跟“溫了”組成另外一個短語“溫了酒”。“溫了”是詞（動詞），不是短語。這個例子包含兩類的短語，一類比較“複雜”，由多於一個成分組成，如“溫了酒”；另一類比較“單純”，只由一個成分組成，如“酒”。詞法允許有單純詞的存在，即由一個語素組成的詞，句法也有“單純”的短語存在，即由一個詞形成的短語，如“酒”。短語是詞上一級的語法單位，純粹是一個層次的概念，跟結構的複雜性、音節長短沒有必然的關係。

　　詞和詞的組合，構成詞（複合式合成詞），屬於詞法研究的層面；詞和短語的組合、短語和短語的組合，構成短語，屬於句法研究的層面。詞和詞的組合只能成為詞，而不直接成為短語，只有詞和短語的組合才可以成為短語。以 (5) 為例：

　　(5)　再打折了腿　（《孔乙己》）

　　“打”是詞，“折”是詞，“打折”組合成為詞（述補式複合詞），而不是短語。如果加上動詞後綴“了”的話，“了”黏附在“打折”之後，證明“打折”是一個詞，而附加了“了”之後，“打折了”也是詞（附加式合成詞）。“腿”是詞（單純詞），也可以組成短語（名詞短語）。這裏的動詞“打折了”是及物動詞，不能直接組成短語，必須先跟名詞短語“腿”結合起來，才組成更大的短語（動詞短語）。這是詞和短語組成短語的例子。"再"是由一個詞（副詞）所組成的短語（副詞短語）。這個副詞短語跟動詞短語"打折了腿"結合起來，組成更大的動詞短語。這是短語和短語組成短語的例子。

詞和短語可組成短語、短語和短語也可組成短語，但詞和詞不能組成短語。短語內各個成分之間，構成"語法關係"，即從語法功能的角度，描述他們組合的關係。基本的語法關係有五種：主謂關係、述賓關係、述補關係、偏正關係、聯合關係。根據語法關係，短語以此劃分為五種類型：主謂結構、述賓結構、述補結構、偏正結構、聯合結構。這五種結構是最基本的句法結構，表達了五種基本的語法關係。

主謂結構、偏正結構、聯合結構由短語和短語組成，述賓結構、述補結構由詞和短語組成。短語和短語不能組成述賓結構和述補結構，而詞和短語不能組成主謂結構、偏正結構、聯合結構。

構成語法關係的成分，稱為"句法成分"：主語、謂語、述語、賓語、補語、定語、狀語。有兩個句法成分才能構成關係，只有一個詞所組成的短語談不上語法關係，如（4）的"溫了酒"，所包含的成分，可分析為各種語法關係，並命名為不同的結構，如"溫了"是述語，"酒"是賓語，兩者構成述賓關係，組成述賓結構。（5）的"再打折了腿"劃分為"再"和"打折了腿"兩部分，"再"用來修飾"打折了腿"，構成偏正關係，組成偏正結構。述語一定是詞，短語不能做述語。主語、謂語、賓語、補語、定語、狀語一定是短語，不能是詞。
詞必須成為短語後，才能夠做主語、謂語、賓語、補語、定
語、狀語。這五種句法結構的組成方式，可簡單總結如下。

(6)　詞、短語和五種句法結構

	句法結構
詞＋短語	述賓結構、述補結構
短語＋短語	主謂結構、偏正結構、聯合結構

五種基本結構當中，主謂結構和述賓結構是作為組成小句
核心部分的結構，形成一般稱為"主語＋動詞＋賓語"或簡寫
為"SVO"的基本詞序，是人類語言主要的詞序類型之一。[1]
主謂結構是所有小句都不可缺少的結構，作為小句和句子的核
心部分。除了不及物動詞、形容詞做謂語外，小句基本上都由
述賓結構組成。至於述補結構和偏正結構，前者主要說明動作
的結果或狀態，後者肩負起修飾、限制等功能，這兩種結構都
好像給核心部分提供"額外"的信息，以補充、修飾的方法表
達。聯合結構則由語法地位平等的成分組成。

1　這裏"動詞"的叫法其實不太妥當。動詞屬於詞類，主語、賓語屬於句法成分，
　　兩者並不對等。嚴格來講，應該稱為"主語＋述語＋賓語"比較準確。不過，英
　　語簡稱"SVO"的說法在文獻非常普遍，也只好從俗。其他主要的詞序類型還有：
　　SOV、VSO。

主謂結構

主謂結構由主語和謂語兩部分組成。謂語的作用是陳述主語，而主語是被謂語所陳述的對象。因此，有謂語就必須有主語，有主語也必須有謂語，主語和謂語構成主謂關係。如：

（7）　孩子吃完豆　（《孔乙己》）

（8）　樣子太傻　（《孔乙己》）

（9）　做工好苦呀　（《敬業與樂業》）

（7）的"吃完豆"，作用就是陳述"孩子"，表達了"孩子"所進行的行為動作。"孩子"是主語，"吃完豆"是謂語，以動詞短語做謂語。（8）的"樣子太傻"分為兩個成分："樣子"和"太傻"，前者被後者所陳述，"太傻"表達了"樣子"的狀態，構成主謂關係，"樣子"是主語，"太傻"是謂語，以形容詞短語做謂語。做主語的"孩子"、"樣子"，都是由體詞組成的短語。由謂詞組成的短語，也可以做主語，如（9）的"做工"，屬於動詞短語，被"好苦"所陳述，構成主謂關係。當中的助詞"呀"是虛詞，不構成語法關係。

主謂結構表達了跟陳述相關的主謂關係，謂語的作用就是用來陳述，有陳述的功能就一定有被陳述的對象，因此，有謂語就一定有主語。主語作為主謂結構的必要成分，不能缺少。

不過，在特定的語境下，主語可以省略不説。如：

（10） 他不回答，對櫃裏説：“溫兩碗酒，要一碟茴香豆。”
　　　 （《孔乙己》）

（11） *e* 溫兩碗酒，*e* 要一碟茴香豆

　　（10）的“溫兩碗酒”和“要一碟茴香豆”都是謂語，主語
在這個特定的語境下，省去不説。“溫兩碗酒”所陳述的是聽
話人（即文章中的“你”），而“要一碟茴香豆”所陳述的是説
話人（即文章中的“我”）。在這樣的語境裏，省略不説的主語
非常清晰，不會引起誤解。被省略的主語，可以分析為一個沒
有聲音的代詞，語法上屬於“空語類”（empty category），即無
聲的詞類，用“*e*”來代表無聲的主語，如（11）所示。（11）
的無聲主語分別指向聽話人和説話人，功能跟人稱代詞一樣，
當中的兩個“*e*”，甚至可以“還原”為人稱代詞，如“你溫兩
碗酒，我要一碟茴香豆”。“溫兩碗酒”和“要一碟茴香豆”跟
無聲的“*e*”構成主謂關係。即使表面上聽不到主語，但仍然
分析為主謂結構。

　　在日常的口語裏，主語和謂語之間往往有個停頓，而在
書面上，這個停頓往往體現為一個逗號，分隔了主語和謂
語。如：

（12） 這位言行相顧的老禪師，老實不客氣　（《敬業與樂業》）

（13）這位言行相顧的老禪師，*e* 老實不客氣

　　（12）的"老實不客氣"是謂語，陳述"這位言行相顧的老禪師"，兩者之間，有個逗號分隔。這種例子，有兩種分析的可能：一、仍然把"這位言行相顧的老禪師"當作主語，只是口語有個停頓而已；二、"這位言行相顧的老禪師"分析為"話題"（又稱為"主題"），"老實不客氣"所陳述的是一個無聲主語，如（13）的"*e*"。"*e*"和"老實不客氣"構成主謂關係。這個"*e*"指向前面的"這位言行相顧的老禪師"，而"這位言行相顧的老禪師"跟後面的"*e* 老實不客氣"形成一種話題和評述的關係，即以"這位言行相顧的老禪師"作為話題，而以主謂結構"*e* 老實不客氣"作為評述。這種分析，可稱為話題句分析（Li and Thompson 1981，徐烈炯、劉丹青 2007 等）。

　　話題句分析，正好為主語省略的現象，提供一個解釋的理論（Huang 1984）。如：

（14）穿的雖然是長衫，可是又髒又破，似乎是十多年沒有補，也沒有洗。　（《孔乙己》）

（15）穿的雖然 *e* 是長衫，可是 *e* 又髒又破，似乎 *e* 是十多年沒有補，*e* 也沒有洗

　　（14）的"是長衫"、"又髒又破"、"是十多年沒有補"、"也沒有洗"是謂語，每一個謂語，都陳述一個無聲主語"*e*"，如

（15）所示。這些無聲主語，都指向句首的"穿的"，"穿的"擔當了話題的角色。按照這樣分析，這個例子可以理解如下："穿的雖然（穿的）是長衫，可是（穿的）又髒又破，似乎（穿的）是十多年沒有補，（穿的）也沒有洗"形成了所謂"承前省略"的現象，被省略的主語，是無聲主語，都指向話題"穿的"。再比較另一個例子：

（16）那榆蔭下的一潭，不是清泉，是天上虹，揉碎在浮藻間，沉澱着彩虹似的夢。　（《再別康橋》）

（17）那榆蔭下的一潭，e 不是清泉，e 是天上虹，e 揉碎在浮藻間，e 沉澱着彩虹似的夢

　　（16）的"不是清泉"、"是天上虹"、"揉碎在浮藻間"、"沉澱着彩虹似的夢"，都是謂語，分別陳述一個無聲主語"e"，如（17）所示，構成主謂關係。這些無聲主語，都指向句首的話題"那榆蔭下的一潭"。這個例子的理解就是："那榆蔭下的一潭不是清泉，（那榆蔭下的一潭）是天上虹，（那榆蔭下的一潭）揉碎在浮藻間，（那榆蔭下的一潭）沉澱着彩虹似的夢"。這種話題句，就是由數個主謂結構組成，擔當評述的角色，而主謂結構包含了一個指向話題的無聲主語。通過指向話題，各個主謂結構跟共同的話題建立起有聯繫的關係，好像形成一條鏈，這種現象因而稱為"話題鏈"（topic chain）（Tsao 1979），成為漢語語法的一個特點。

話題跟後面各個謂語的關係，就是通過無聲主語建立起來。話題句分析，離不開以主謂結構為核心。如：

（18）我從此便整天的站在櫃台裏，專管我的職務。雖然沒有甚麼失職，但總覺有些單調，有些無聊。（《孔乙己》）

（19）我從此便整天的站在櫃台裏，*e* 專管我的職務。雖然 *e* 沒有甚麼失職，但 *e* 總覺有些單調，有些無聊

（18）的 "我" 是 "從此便整天的站在櫃台裏" 的主語，但同時也扮演着後面各個成分的話題。"專管我的職務"、"沒有甚麼失職"、"總覺有些單調" 各自陳述一個無聲主語 "*e*"，如（19）所示，組成主謂結構。這些無聲主語都指向 "我"，因而各個包含無聲主語的主謂結構都能連結起來，成為有意義的 "話題鏈"。

主謂結構是所有小句都不可缺少的結構，作為小句和句子的核心部分，也是人類語言的一種重要句法結構。小句、句子的構成，就是從主謂結構開始。小句、句子的語法分析，也是從主謂結構入手。辨認主謂結構，做好對主謂結構的語法分析，對小句、句子的語法研究，至關重要。有些例子的主語表面上好像缺失，但其實並沒有缺失，仍然在句法存在，只是以無聲的方式出現。無聲主語是有所指的，並非 "真空"，所指向的成分就是話題。通過話題和評述關係，包含無聲主語的主

謂結構成為"話題鏈"的一部分,構成漢語語法的特點。

述賓結構

述賓結構,又稱為"動賓結構",由述語和賓語組成,述語表示動作行為,而賓語表示動作行為所關涉、支配的對象、有聯繫的人或事。述語和賓語表達了關係的概念,賓語是述語所關涉、支配的對象,因此,有賓語就必須有述語,述語和賓語構成述賓關係。

主語、謂語、述語、賓語處於不同的句法層次。"主語是對謂語說的,賓語是對述語說的,主語和賓語沒有直接的聯繫"(朱德熙 1982:110)。主語和謂語構成主謂關係,組成主謂結構;述語和賓語構成述賓關係,組成述賓結構。主語和謂語是一個層次,述語和賓語是另一個層次。主語和賓語不在同一個層次,不構成任何語法關係,也不能直接組成任何結構。

述賓結構按照賓語的特點劃分為不同的類型。如:

(20) 撐一支長篙 (《再別康橋》)

(21) 他便給他們茴香豆吃 (《孔乙己》)

(22) 我老實告訴你一句話 (《敬業與樂業》)

(20) 的"撐一支長篙"只有一個賓語,做述語的"撐"屬於及物動詞，表示了動作行為，"一支長篙"就是這個動作行為所關涉、支配的對象，跟"撐"組成述賓結構。對及物動詞而言，賓語是必要的成分，不能缺少。(21) 的"給"有兩個賓語，"他們"是間接賓語，一般指接受事物的人，"茴香豆"是直接賓語，一般指事物。"給"屬於雙賓動詞，要求有兩個賓語，由這種述賓結構形成的句式也稱為"雙賓句"。(22) 的"告訴"有兩個賓語，"一句話"是行為所關涉、支配的對象，屬於直接賓語，"你"是接受事物的人，屬於間接賓語，這個例子也屬於雙賓句。

做述語的成分一定是詞（如動詞"撐"、"給"），做賓語的成分一定是短語（如"一支長篙"、"他們"、"茴香豆"）。有些例子看似簡單，如以下的"尋夢"。

（23）尋夢　（《再別康橋》）

"尋夢"看似簡單，但仍須符合組合短語的要求，即：做述語的成分一定是詞，當中的"尋"是動詞，在述語的位置；做賓語的成分一定是短語，"夢"是短語，不光是詞。又如以下的例子：

（24）才可以笑幾聲　（《孔乙己》）
（25）所以過了幾天　（《孔乙己》）

（24）的"幾聲"，當中的"聲"是動量詞；(25) 的"幾天", 當中的"天"是時量詞;這裏的"聲"、"天"都屬於體詞。前者表示動作次數,後者表示動作延續的時間。由於屬於體詞,所組成的短語,分析為述語"笑"和"過了"的賓語。由於跟典型的賓語有異(或稱為"真賓語"),"幾聲"、"幾天"這種賓語可稱為"準賓語"(朱德熙1982),以資區別。(24)的"笑"是不及物動詞,本來不帶賓語,但可以帶準賓語。準賓語也屬於賓語的一種,因此"笑幾聲"所組成的結構仍然稱為述賓結構。

按照詞類的性質,賓語劃分為兩類,一類是體詞類賓語,一類是謂詞類賓語。上述提及的"一支長篙"、"他們"、"茴香豆"、"夢"、"幾聲"、"幾天",都是由體詞組成,屬於體詞類賓語。賓語由謂詞組成,或以謂詞作為骨幹,則屬於謂詞類賓語。如:

(26) 這些字應該記着 (《孔乙己》)

(27) 我敢相信他一定能得到相當職業 (《敬業與樂業》)

(26)的動詞短語"記着"是"應該"的賓語,"記着"是謂詞類賓語。(27)的"相信"做述語,做賓語的是小句"他一定能得到相當職業",屬於謂詞類賓語。這個做賓語的小句,也稱為"嵌套小句"(embedded clause)。"相信他一定能得到相當職業"這個述賓結構,作為動詞"敢"的賓語,也屬於謂詞類賓語,跟"敢"組成述賓結構。

如果進一步分析，(27) 的"能得到相當職業"又是一個述賓結構，"能"是述語，"得到相當職業"是謂詞類賓語。"得到相當職業"的"得到"是述語，"相當職業"是賓語，屬於體詞類賓語。這個例子，由多個述賓結構組成。各個述賓結構，一層套一層，看似複雜的結構，其實都由相同的結構組成，反覆應用，並不算太複雜。

雙賓句的直接賓語，除了是體詞類賓語外，謂詞類賓語也可以做直接賓語。如：

(28) 告訴他們對於自己現有的職業應採何種態度　（《敬業與樂業》）

(29) 告訴〔他們〕〔e 對於自己現有的職業應採何種態度〕

(28) 的"對於自己現有的職業應採何種態度"，是一個小句，當中的謂語是"對於自己現有的職業應採何種態度"，陳述一個無聲的主語，以"e"代表，如 (29) 所示。這個無聲主語，指向間接賓語"他們"，意思就是"他們對於自己現有的職業應採何種態度"。"告訴"是述語，後面有兩個賓語，一個是間接賓語"他們"，一個是直接賓語"e 對於自己現有的職業應採何種態度"，屬於雙賓句。

漢語允許賓語省略。以下例子的"責備"、"討伐"、"容赦"，屬於及物動詞，都要求帶賓語。然而，表面上，這個賓語卻被省略了。

（30） 我可以附和着笑，掌櫃是決不責備的 （《孔乙己》）

（31） 我們對於這種人，是要徹底討伐，萬不能容赦的
（《敬業與樂業》）

（30） 的 "責備"，後面被省略的賓語指向第一句的主語
"我"，可以補出來，理解為 "掌櫃是決不責備我的"；（31） 的
"討伐"、"容赦"，後面被省略的賓語指向第一句的"這種人"。
（30） 的 "我"、（31） 的 "這種人"，作為被省略的賓語所指向
的對象，可以分析為話題。[2] 話題句的分析，為漢語允許賓語
省略的現象，提供了一個解釋的方案。[3]

述補結構

述補結構，又稱為 "動補結構"，由述語和補語組成。述
語表示動作行為，而補語的功能是說明該動作行為的狀態、趨
向，有一種補充、說明的效果。謂詞組成補語，但體詞不能組
成補語。（32） 的 "太累" 是形容詞短語，屬於謂詞類，是述
語"哭得" 的補語。

2　 "我們對於這種人" 的"我們"，是另一個話題，作為後面無聲主語的指稱對象。

3　 賓語省略現象是漢語語法研究的一個重點課題，詳見 Huang（1984，
1987a）、Xu and Langendoen（1985）、李艷惠（2005）等的討論。

（32）也許你真是哭得**太累**　《也許》

　　主語和補語不構成任何語法關係，也不能直接組成任何結構。主語和謂語構成主謂關係，組成主謂結構；述語和補語構成述補關係，組成述補結構。述補結構是一個層次，主謂結構是另一個層次，他們處於不同的句法層次。以（32）為例，"你"和"真是哭得太累"構成主謂關係，而"哭得"和"太累"構成述補關係，"你"跟"太累"處於兩個不同的句法層次，沒有任何直接的關係。

　　補語劃分為兩類：狀態補語、趨向補語。[4] 狀態補語表示由動作、性狀而呈現出來的狀態，述語加上後綴"得"。狀態補語再分為兩個小類：描寫補語、結果補語（Li and Thompson 1981，Huang 1988，鄧思穎 2010 等）。如：

（33）可惜被後來有些人説得**太精微**　《敬業與樂業》
（34）怕的是我這件事做得**不妥當**　《敬業與樂業》

　　（33）的"太精微"是狀態補語，跟述語"説得"之間有一種情狀的關係，"説"這個動作行為發生了以後，呈現了一

4　文獻上還有"可能補語"、"程度補語"這些類別（朱德熙 1982 等）。所謂"可能補語"的形成，是在述補式複合詞插入"得"，如"看得見"。"得"是詞綴，屬於詞法現象，跟句法的述補結構無關。所謂"程度補語"，是黏附在謂詞的"極"、"多"、"透"等例子，如"好極"，屬於後綴，跟詞法有關，而跟句法的述補結構無關。原本還有一種"時地補語"（鄧思穎 2010）。這種"時地補語"可以重新分析，當作述賓結構來處理。

種靜止的狀態，"太精微" 就是用來描寫這種靜止的狀態，這種狀態補語的功用是用來描寫由述語所表示的靜止狀態。又如 (34) 的 "不妥當" 是 "做" 發生後所呈現的一種靜止狀態，作為狀態補語。由這種狀態補語所構成的述補結構是靜態的 (Li and Thompson 1981：624-625)，稱為描寫補語，作為狀態補語之下的一個小類。

以下的述補結構是動態的，跟狀態補語不同：

（35）也許你真是哭得**太累** （《也許》）

（36）甚麼"者乎"之類，引得眾人**都哄笑起來** （《孔乙己》）

（35）的述語 "哭得"，所表達的動作行為，到了一個階段後，產生了結果，"太累" 就表達了這種結果狀態。這種狀態補語的功用是表達事件到了某個程度後而呈現的結果狀態 (Li and Thompson 1982：626)，稱為結果補語，作為狀態補語之下的一個小類。又如（36）的 "都哄笑起來" 是 "引得" 所呈現的一種結果狀態，屬於結果補語，而 "眾人" 是 "引得" 的賓語。

狀態補語這兩個小類，描寫補語是靜態的，是一種靜止的描述，結果補語是動態的，帶出一種動態的變化。這兩類狀態補語，普通話都用相同的後綴 "得"（de），黏附到述語，沒有差別。不過，粵語用了兩個不同的後綴，區分這類狀態補語。如：

（37）後來有啲人講**得**太過細　後來有些人說得太精微

（38）引**到**所有人都笑起嚟　引得眾人都哄笑起來

粵語用後綴"得"（dak1）表示描寫補語，作為描寫補語的標誌，用"到"（dou3）表示結果補語，作為結果補語的標誌。通過兩個不同的語素，清晰地把這兩類狀態補語區分開來。上述的（33）和（36），在粵語可以分別說成（37）和（38），（37）的"得"表示後面的"太過細"（太精微）是描寫補語，（38）的"到"表示後面的"都笑起嚟"（都哄笑起來）是結果補語，兩者不會混淆。

趨向補語由"來"、"去"及由"來"、"去"擴展而成的趨向動詞組成。如：

（39）只有從勞苦中找出快樂**來**　（《敬業與樂業》）

（40）掌櫃也伸出頭**去**　（《孔乙己》）

（39）的"找出快樂來"、（40）的"伸出頭去"，當中的"來"和"去"是趨向補語，分別處於賓語"快樂"和"頭"之後。"找出"、"伸出"是述語，跟"來"、"去"構成述補關係，也跟"快樂"、"頭"構成述賓關係，"述語＋賓語＋補語"的詞序是允許的。至於"找出"、"伸出"，屬於述補式複合詞，雖然"出"也表示趨向，但"找出"、"伸出"的"出"只是述補式複合詞的一個語素，屬於詞法現象，並非句法層面的補語。賓語前的"找出"、"伸出"是複合詞,位於述語;賓語後的"來"、"去"是趨向補語,形成述補結構。再比較以下的例子:

(41) 這種歎氣的聲音,無論何人都會常在口邊流露出來 (《敬業與樂業》)

(41) 的"流露出來",可以有三種的可能分析:一、"流露出來"是一個述補式複合詞;二、"流露出"是複合詞,位於述語,"來"是趨向補語,即"流露出+來";三、"流露"是述語,"出來"是趨向補語,即"流露+出來"。

有一種分析會把以下的"在熱水裏"當作補語,跟"放"構成述補關係,並稱為"時地補語"(黃伯榮、廖序東2007b)。

(42) 又親看將壺子放在熱水裏 (《孔乙己》)

若在"放在熱水裏"中加入"了"後綴,則後綴"了"的位置,說明了"放在"應該分析為一個詞,組成述補式複合詞。這個複合詞做述語,跟"熱水裏"構成述賓關係。"放在熱水裏"是述賓結構,即"放在+熱水裏",而不是述補結構。

(43) 放在了熱水裏

粵語和普通話有差異。普通話的(43)在粵語會說成(44):

（44）放咗喺啲熱水裏面　放在了熱水裏

（45）＊放喺咗啲熱水裏面

後綴"咗"（了）的位置説明了粵語的"放喺"不是一個詞，"放"是一個詞，"喺"是另外一個詞，（45）是不能接受的。粵語的"喺"是介詞，跟"熱水裏面"組成介詞短語。"放"和介詞短語構成述補關係，組成述補結構。這種補語，就是時地補語。粵語有時地補語（鄧思穎 2015），但這種例子，在普通話應該分析為述賓結構。這是普通話和粵語語法差異之處。

偏正結構

偏正結構由修飾和被修飾兩個成分組成，表達偏正關係。修飾成分稱為"偏"，被修飾成分稱為"正"。按照被修飾成分的類別，修飾成分劃分為兩種：定語、狀語。定語是用來修飾體詞類成分，狀語用來修飾謂詞類成分。由定語組成的偏正結構稱為"定中結構"，當中的"中"表示所謂"中心語"，[5] 即被

5　"定中結構"和"狀中結構"所説的"中"跟短語結構理論所説的"中心語"（head）是兩個不同的概念，不能混淆。

修飾成分；由狀語組成的偏正結構稱為“狀中結構”。如：

（46）作別西天的雲彩　《再別康橋》
（47）掌櫃正在慢慢的結賬　《孔乙己》

（46）的“西天”是定語，用來修飾由體詞組成的“雲彩”，組成定中結構，構成偏正關係，助詞“的”的作用，就是表達了這種關係。“的”也可以用於狀中結構，（47）的“慢慢”是狀語，用來修飾由謂詞組成的“結賬”，組成狀中結構，構成偏正關係。

“之”的用法跟“的”差不多，是古漢語、書面語的用法，主要置於定語之後，組成定中結構，表達了偏正關係。如以下例子中，（48）的“褻瀆職業”是修飾“神聖”的定語，（49）的“這兩句話”是修飾“實現與調和”的定語。

（48）便是褻瀆職業之神聖　《敬業與樂業》
（49）我自己常常的求這兩句話之實現與調和　《敬業與樂業》

偏正結構並非一定通過“的”才能組成。（50）的“英法兩國”修飾“國民”，組成定中結構，而“英法兩國國民”這個結構用來修飾“性質”，組成定中結構。（51）的“又”是副詞，用來修飾“偷了人家的東西”，組成狀中結構，而“又偷了人家的動詞”被副詞“一定”修飾，組成另一個狀中結構。這些偏正結構的例子，都沒有"的"。

（50）比較英法兩國國民性質　《敬業與樂業》

（51）你一定又偷了人家的東西了　《孔乙己》

定語和狀語是句法成分，跟詞類沒有必然的關係。比較以下的例子：

（52）孔乙己顯出極高興的樣子　《孔乙己》

（53）像用全副精神注在走路上　《敬業與樂業》

（54）不許陽光攢你的眼簾　《也許》

（55）叫他鈔書的人也沒有了　《孔乙己》

（56）我從前看見一位法國學者著的書　《敬業與樂業》

雖然形容詞短語多數用來做定語，如（52）的"高興"，但定語不等於形容詞，其他的成分也可以做定語，如（46）的"西天的雲彩"，當中的"西天"是名詞。（53）的"全副"是區別詞，用來修飾"精神"。（54）的"你"是代詞，用來修飾"眼簾"。（55）的"叫他鈔書"其實是小句，用來修飾"人"，也稱為"關係小句"（relative clause）。這個關係小句包含一個無聲的主語，指向被修飾的"人"。除了無聲主語外，關係小句也可以包含無聲賓語。（56）的"一位法國學者著的"是關係小句，用來修飾"書"，"著"後面的賓語，是個無聲成分，指向被修飾的"書"。這些例子的修飾成分，都是定語。

雖然副詞只能做狀語，如上述的“一定”、“又”，但狀語不等於副詞，其他的成分也可以做狀語。如：

（57）正如我輕輕的來　《再別康橋》

（58）我整天的靠着火　《孔乙己》

在（57），修飾“來”的“輕輕”由形容詞組成；在（58），修飾“靠着火”的“整天”由名詞“天”組成。形容詞、副詞等是詞類的名稱，定語、狀語是句法成分的名稱。詞類和句法成分是兩個不同的概念。

聯合結構

聯合結構由語法地位平等的成分組成。比較以下的例子：

（59）還要自己**掃地、擦桌子、洗衣服**　《敬業與樂業》

（60）自然該各人因自己的**地位和才力**　《敬業與樂業》

（61）我自己常常的求這兩句話之**實現與調和**　《敬業與樂業》

（62）專為**現在有職業及現在正做職業上預備**的人 —— 學生 —— 説法　《敬業與樂業》

聯合結構內的各個成分，可以有停頓，如（59）的“掃地"、"擦桌子"、"洗衣服"這三個述賓結構，通過停頓連接起來，組成聯合結構。或用連詞連接，如（60）的"和"，表示並列關係，兩者兼有，"和"把"地位"和"才力"這兩個名詞短語連接起來。（61）和（62）的"與"、"及"，用法也差不多，"與"連接了"實現"和"調和"，而（62）的"及"連接"現在有職業"和"現在正做職業上預備"。"及"所連接的成分，多有主次之分，主要的成分放在"及"之前（《現代漢語詞典》）。

　　"或"或"或者"表示選擇關係，任擇其一，在以下的例子，"或者"表示從"鹽煮筍"和"茴香豆"選擇一樣。

　　（63）便可以買一碟**鹽煮筍，或者茴香豆**　（《孔乙己》）

　　"和"和"而"、"而且"都是表示並列關係的連詞，但"和"主要連接體詞類短語，而"而"、"而且"連接謂詞類短語。（64）的"而"連接"站着喝酒"和"穿長衫"，這兩個成分都是動詞短語。（65）的"而且"連接"黑"和"瘦"，這兩個成分都是形容詞短語。

　　（64）孔乙己是**站着喝酒而穿長衫**的惟一的人　（《孔乙己》）
　　（65）他臉上**黑而且瘦**　（《孔乙己》）

粵語的語法關係

　　五種基本的語法關係，即主謂關係、述賓關係、述補關係、偏正關係、聯合關係，也適用於粵語。粵語也有這五種結構，跟普通話一樣，沒有本質上的差異。

　　有些述賓結構，尤其是雙賓句，粵語和普通話表面上有差異。粵語的雙賓句表面上好像允許所謂"倒置"的詞序，即間接賓語出現在直接賓語的後面，如(66) 的間接賓語"佢"(他)在直接賓語"一本書"之後。然而，這樣的詞序在普通話裏卻絕對不能説，如 (67)。

（66）我畀咗一本書佢。　我給了他一本書。

（67）＊我送了一本書他。

　　粵語雙賓句並沒有"倒置"現象，而是從另一種句式而來——與格句（dative construction）。所謂與格句，是包含了以介詞短語作為賓語的句式，意義上，這個介詞短語表示接受事物的人。如：

（68）我送了一本書給他。

（69）我畀咗一本書畀佢。　我給了他一本書。

（70）我畀咗一本書 Ø 佢。

　　（68）的"給"是介詞，跟"他"組成介詞短語，表達了動作的終點，而這個介詞短語作為"送"的間接賓語。（69）是粵語與格句的例子，第二個"畀"（bei2）（給）是介詞，跟"佢"（他）組成介詞短語。粵語那種所謂"倒置"雙賓語，其實是通過與格句的介詞省略而形成（Tang 1998，鄧思穎 2003，2015 等），如（70）所示，當中的介詞被省略了，以"Ø"代表。普通話也有與格句，只不過介詞不能被省略。因此，粵語和普通話的差異並非詞序"倒置"的問題，而是與格句的介詞能不能被省略的問題。

　　跟普通話一樣，粵語的狀語在左邊出現，形成"偏＋正"的詞序。不過，有些虛詞，貌似普通話的副詞，如：

（71）食飯**先**　先吃飯
（72）飲多碗**添**　再多喝一碗

　　（71）表示先後的"先"（sin1）、（72）表示數量增加的"添"（tim1），表面上好像有修飾的功能（袁家驊等 2001 等），卻出現在句末，形成所謂"後置"的現象，甚至當成所謂"後置狀語"，成為粵語語法的一個特色。不過，這些所謂"後置"的虛詞，詞類上屬於助詞（鄧思穎 2015），並非副詞，也跟狀語無關。如果"先、添"等詞分析為句末助詞，（71）、（72）等例子也不屬於"後置狀語"。粵語的狀語跟普通話的狀語一樣，都一律在被修飾的成分的左邊，形成"偏"在前、"正"在後的偏正結構，沒有差異。

小結

短語是詞以上的單位，作為詞和小句之間的一個層次。詞和短語可組成短語、短語和短語也可組成短語。短語內各個成分之間，構成五種的語法關係：主謂關係、述賓關係、述補關係、偏正關係、聯合關係。短語以此劃分為五種類型：主謂結構、述賓結構、述補結構、偏正結構、聯合結構。這五種結構是最基本的句法結構，表達了五種基本的語法關係。

主謂結構、偏正結構、聯合結構由短語和短語組成，述賓結構、述補結構由詞和短語組成。短語和短語不能組成述賓結構和述補結構，而詞和短語不能組成主謂結構、偏正結構、聯合結構。述語一定是詞，短語不能做述語。主語、謂語、賓語、補語、定語、狀語一定是短語，不能是詞。

主謂結構由主語和謂語兩部分組成，謂語的作用是陳述主語，而主語是被謂語所陳述的對象。主謂結構是所有小句都不可缺少的結構，作為小句和句子的核心部分，也是人類語言的一種重要句法結構。述賓結構由述語和賓語組成，述語表示動作行為，而賓語表示動作行為所關涉、支配的對象、有聯繫的人或事。賓語劃分為兩類，一類是體詞類賓語，一類是謂詞類賓語，包括嵌套小句。述補結構由述語和補語組成。述語表示動作行為，而補語的功能是說明該動作行為的狀態、趨向。補語包括狀態補語和趨向補語，狀態補語有兩個小類：描寫補語和結果補語。偏正結構由修飾和被修飾兩個成分組成，表達偏正關係。偏正結構有兩個小類：定中結構和狀中結構。聯合結構由語法地位平等的成分組成，表示並列關係、選擇關係等。

第五章

小句和句子

　　"句"分為小句和句子，核心部分由主謂結構組成，表示事件。小句表達時間和句類，句子是加上語氣的小句。有語氣的句子，成為根句。欠缺語氣的小句，只能作為句子的一部分，沒有獨立性。句子分為單句和複句。單句分為動詞謂語句、形容詞謂語句、名詞謂語句。複句分為聯合複句和偏正複句。

主謂結構和小句

主謂結構由主語和謂語兩部分組成，是組成小句的必要成分。(1) 的"喝過半碗酒"用來陳述"孔乙己"，構成主謂關係，"孔乙己"是主語，"喝過半碗酒"是謂語。主謂結構的謂語表達動作、行為、狀態等概念，可稱為"事件"（event）。每個主謂結構都表達特定的動作、行為、狀態等事件意義，有動態的事件，也有靜態的事件。"喝過半碗酒"所表達的事件，在時間軸上有推移的進程，屬於動態的事件。

（1）　孔乙己喝過半碗酒　（《孔乙己》）

除了事件外，主謂結構還包括事件的參與者。主語及謂語內的賓語等成分，是事件的參與者。"喝"表達了一個動作，"半碗酒"是動作所關涉、支配的對象，"孔乙己"是執行這個動作的人，"半碗酒"和"孔乙己"都是事件的參與者。主謂結構所表達的意義，包括事件（如"喝"的動作行為）、事件的參與者（如"孔乙己"、"半碗酒"）。

雖然主謂結構是構成小句的核心部分，但主謂結構不等於小句。小句是比主謂結構高一級的層次。主謂結構所表示的是事件意義，而小句所表達的意義是時間意義、句類等。

小句所表達的時間意義，是説話人通過當下説話的時間作為基準，跟事件所發生的時間，聯繫起來，指向某個特定的時間。小句所表示的已然（已經發生）、未然（還沒有發生）等概念，就是屬於小句所表達的時間意義。小句所表達的時間意義，是指說話人在說話時，以自己為中心，把話語跟某時間發生直接的聯繫，直接指向該特定的時間點。這種指向，是相對於說話時的語境而言的，由說話人的語境決定，隨着語境的變化而變化。

漢語小句的時間意義，可以用較為"抽象"的方式表達，如說話人通過特定的語境，建立聯繫；也可以通過一些語法手段，表達小句的時間意義。如：

(2)　"怎麼樣？先寫服辯，後來是打，打了大半夜，再打折了腿。""後來呢？""後來打折了腿了。"（《孔乙己》）

在(2)，說話人（文章中的喝酒的人）說了三件事件：寫服辯、打、打折腿。寫服辯在先，打折腿在後。如果以說話人的說話時間為中心的話，寫服辯在說話之前發生，屬於已然事件，甚至應該理解為過去時，這是通過特定的語境所決定的。至於打折腿所發生的時間，並不明確。打的動作經歷了大半夜，而"再"表示打折腿在打這個動作完成後才發生。打和打折腿之間相隔多久，並不清楚。打折腿有可能在說話前發生（已然事件），也有可能在說話後發生（未然事件）。雖然打折腿在寫服辯之後發生，但說話人並沒有清楚交代打折腿的實際時間。經聽話人（文章中的掌櫃）提問後，說話人補充說"後來打折了腿了"，在賓語"腿"之後加了助詞"了"，說明了打折腿已在說話前發生了，屬於已然時間。"了"就是一種表示時間的語法手段，說明"新情況的出現"（朱德熙 1982：209），事件已有變化，有已然的意義。"了"的用法跟英語的完成時（perfect）比較接近，就是說小句所指向的時間，是事件發生後的某一刻。當說話人說"後來打折了腿了"的那個時候，打折腿早已發生了，而這一句所指向的時間，就是打折腿之後的某一刻，表達了打折腿已實現了，可以是說話時的一刻，也可以是說話前的某一刻。

普通話這個助詞"了"，可以對應為粵語的"喇"（laa3），如（3）。"喇"的作用，跟"了"差不多，表達事件已有變化，有一種已然的意義。

（3）　之後打斷咗隻腳**喇**。　後來打折了腿了。

句類是按功能為小句分類，包括陳述、疑問、祈使、感歎這四種基本句類。書面上，句類可以通過標點符號體現出來，句號"。"跟陳述有關，問號"？"跟疑問有關，而感歎、祈使多數通過歎號"！"來表示。如：

（4）　第一要敬業。　（《敬業與樂業》）
（5）　尋夢？　（《再別康橋》）

(6)　不要取笑！　（《孔乙己》）

（7）　做工好苦呀！　（《敬業與樂業》）

　　（4）的句號，表示了這一句是陳述句；(5) 的問號，表示了疑問；(6) 是祈使句，通過歎號來表示；(7) 的感歎，也通過歎號來表示。口語上，句類可以通過語調來顯示，如表示疑問的 (5)，語調是上升。

句子

　　一般所講的"句"分為兩類："小句"和"句子"。小句是構成句子的重要部分，但小句不等於句子。句子是比小句高一級的層次。小句所表示的意義是時間意義、句類，句子所表示的意義是語氣。

　　語氣是一個籠統的類。可以包括語態（mood），指説話人對小句的內容所表達的態度，如不肯定、明確、含糊、推測等；也包括言語行為（speech act），指承諾、指令、表情、宣告等內容，聯繫了説話人跟語境的關係，屬於語用的層面；語氣甚至跟話語（discourse）相關的特點有關。

　　形式方面，語氣可以用語調表達語氣，通過不同的語調，如上升語調、下降語調等，表達反問、感歎、請求、敍述、諷刺、意在言外等多種多樣的語氣。至於停頓，也屬於語調的一種表現，可以表達一定的意義。在書面上，語調較難準確標示，往往只能憑藉標點符號來表示，甚至借助特定的語境來體會。以下的文字，省略號表示停頓，代表了特定的語氣，而通過歎號和問號，也能體會說話人（孔乙己）所表達的語氣。

（8）　爭辯道："竊書不能算偷……竊書！……讀書人的事，能算偷麼？"（《孔乙己》）

除了語調外，語氣還可以體現為表示焦點、程度、感情的助詞。由於這些位於句末的助詞表示語氣，因此這一類詞也稱為"語氣詞"。助詞是表示語氣的語法手段，是組成句子的一個重要成分。

組成句子的助詞主要有三類：焦點、程度、感情。以下的"呢"，屬於焦點類助詞：

（9）　孔乙己還欠十九個錢**呢**！　（《孔乙己》）
（10）業有甚麼可敬**呢**？　（《敬業與樂業》）

"呢"有表示焦點的功能，用以強調句子所表達的新信息，可以表示（9）的感歎，也可以用於表示（10）的疑問。"呢"的主要作用是請聽話人注意說話內容的某一點（胡明揚 1987，武果 2006，左思民 2009 等），並非表示句類，也跟句類沒有必然的關係。

"吧"和"嗎"是程度類助詞（B. Li 2006，鄧思穎 2010，又見胡明揚 1987，陸儉明 1984 等）。如：

（11）就在外面做點事**罷**。 （《孔乙己》）

（12）不能寫**罷**？ （《孔乙己》）

（13）你知道**麼**？ （《孔乙己》）

（14）難道不做工就不苦**嗎**？ （《敬業與樂業》）

"吧"又寫作"罷"，表達了說話人的主觀認定，有評價的作用，表示揣測，賦予句子不肯定的語氣，既可以用於陳述句，如（11），也可以用於疑問句，如（12），本身不表示任何句類信息，也不用來表示句類，而是表達說話人的語氣；"嗎"又可以寫作"麼"，表達了疑問，跟說話人對說話內容所相信的程度有關，用來形成是非問句，向聽話人提問，要求回答，如（13），也有表示反詰，沒有疑問的語氣，如（14）。

"啊"，又可寫作"呀"，是感情類助詞，表示感情，跟說話人的態度、情感有關。可用於很多的語境，表示說話者的感情，也能跟多種類型的句子搭配，用得很廣泛。

（15）做工好苦**呀**！ （《敬業與樂業》）

普通話表示語氣的助詞，主要例子如"呢"、"吧"、"嗎"、"啊"等，還有他們語音上的變體、連讀的合音形式，如"吧"（ba）和"哎"（ei）合音的"唄"（bei）（胡明揚 1981，1987）。

"呢"、"吧"、"嗎"、"啊"在粵語也找到對應的例子,如:

(16)孔乙己仲差十九蚊**呢**! 孔乙己還欠十九個錢呢!

(17)喺外面做啲事**罷啦**。 就在外面做點事吧。

(18)唔識寫**吓話**? 不能寫吧?

(19)你知道**嗎**? 你知道嗎?

(20)唔通唔翻工就唔辛苦**咩**? 難道不做工就不苦嗎?

(21)翻工好辛苦**啊**! 做工好苦啊!

　　表示焦點的"呢",粵語也是"呢"(le1),如(16);表示評價並帶點勸説意味的"吧"、"罷",粵語可説(17)的"罷啦"(baa2 laa1);表示不肯定並帶點疑問味道的"吧"、"罷",粵語可説(18)的"吓話"(haa6 waa2),這個助詞原本是"係唔係啊"(hai6 m4 hai6 aa3)的合音變體;形成是非問句的"嗎"、"麼",粵語也是"嗎"(maa3),如(19);表示反詰的"嗎",粵語説成(20)的"咩"(me1);表示感情的"啊"、"呀",粵語也是"啊"(aa3),如(21)。表示語氣的助詞,普通話主要是這四個,而在《孔乙己》和《敬業與樂業》這兩篇篇章裏,[1]也就是這四個助詞,粵語表示語氣的助詞,比普通話的多得多,接近有 40 個(鄧思穎 2015),還沒有包括他們的語音變

1　《也許》和《再別康橋》並沒有任何表示語氣的助詞。

體。[2] 這是普通話和粵語語法最明顯的差異。

小句加上語氣成為句子，欠缺語氣的"句"只能是小句，不是句子。有語氣的句子，是完整的成分，可以單獨使用，也稱為"根句"（root clause）；至於欠缺語氣的小句，不算是完整的成分，不能獨立使用，只能作為句子的一部分，沒有獨立性。比較以下的例子：

（22）我敢相信他一定能得到相當職業。 （《敬業與樂業》）

（23）〔根句 我敢相信〔嵌套小句 他一定能得到相當職業〕〕

（22）的"他一定能得到相當職業"，能表達事件、時間，也有句類（陳述），但欠缺語氣，沒有表示語氣的語調，也沒有表示語氣的助詞，句法上，屬於小句，不是句子。"我敢相信他一定能得到相當職業"是句子，能單獨使用；"他一定能得到相當職業"是小句，作為"相信"的賓語，也稱為嵌套小句。句子是根句，能單獨使用；小句是"句中之句"，欠缺獨立使用的能力。簡單的結構可以描繪如（23）那樣。

小句可作為構成複句的一部分。如：

（24）外面的短衣主顧，雖然容易説話，但嘮嘮叨叨纏夾不

2　粵語還有 11 個表示事件和時間的助詞，數量上也是比普通話同類型的助詞多得多。

清的也很不少。　（《孔乙己》）

(25)〔_{根句} 外面的短衣主顧，〔_{從屬小句} 雖然 e 容易説話〕，
〔_{主導小句} 但嘮嘮叨叨纏夾不清的也很不少〕〕

(24) 的"雖然容易説話"，包含了一個無聲主語，指向話題"外面的短衣主顧"，意思是"雖然（外面的短衣主顧）容易説話"。有連詞"雖然"這個成分，由小句組成，但欠缺語氣，欠缺獨立使用的能力，不是句子，只能組成複句，作為複句的一部分，稱為"從屬小句"（subordinate clause）。"但嘮嘮叨叨纏夾不清的也很不少"欠缺獨立使用的能力，也不是句子，只是複句的一部分，稱為"主導小句"（superordinate clause）。只有包含話題的整個成分"外面的短衣主顧，雖然容易説話，但嘮嘮叨叨纏夾不清的也很不少"是句子，是完整的根句，能單獨使用。這是小句和句子的區別。(25) 以簡單的方式描繪了這個例子的結構。

小句也可用作定語來修飾名詞短語。如：

(26) 叫他鈔書的人也沒有了　（《孔乙己》）
(27)〔〔_{關係小句} e 叫他鈔書〕的人〕也沒有了

(26) 的"叫他鈔書"，包含了一個無聲主語，指向"人"，意思是"（某人）叫他鈔書"。"叫他鈔書"由小句組成，所欠缺的是語氣，也欠缺獨立使用的能力。"叫他鈔書"用作修飾

名詞短語"人"，構成偏正關係，組成定中結構。這種用來修飾名詞短語的小句，稱為"關係小句"，只有修飾的用途，作為名詞短語內的一個成分，欠缺單獨使用的能力，沒有獨立性。(27) 以簡單的方式描繪了這個例子的結構，當中的"*e*"代表無聲主語，指向後面被修飾的"人"。

綜上所述，所謂"句"，劃分為兩個層次：小句和句子。小句由主謂結構組成，主謂結構主要表示事件，以謂語作為核心，一般由動詞、形容詞等謂詞做謂語，表達行為動作、行為、狀態等意義。主謂結構也包含事件的參與者，往往體現為主語或賓語，成為主謂結構的重要部分。小句是比主謂結構高一級的層次，表示時間意義、句類等，只能用作"句中之句"，欠缺單獨使用的能力，如嵌套小句、從屬小句、關係小句等語言環境。小句加上語氣，組成句子，句子是比小句高一級的層次。語氣可以體現為語調，也可以體現為表示語氣的助詞，位於句末。句子可以單獨使用，作為根句。

單句和複句

句子分為"單句"和"複句"。單句由主謂結構組成，加上時間意義、句類，擴充成為小句；小句再加上語氣，擴充成為句子。這種句子，就是單句。如：

（28）你當真認識字麼？　《孔乙己》

（28）屬於單句，是一個能單獨使用的句子，由主謂結構組成。"你當真認識字"是主謂結構，表達跟行為有關的事件；通過特定的語境，表達了時間意義，即這個事件在說話時發生，屬於現在時；通過適當的語調，表達了疑問句類，書面上通過問號"？"體現出來；再加上表示語氣的助詞"麼"，擴展成為句子，可以單獨使用。又如（29）：

（29）你一定又偷了人家的東西了！　《孔乙己》

在（29）裏，"你一定又偷了人家的東西"是組成單句的主謂結構，"你"是主語，"一定又偷了人家的東西"是謂語。句末助詞"了"表達了時間意義，說明了偷東西這個事件在說話之前發生，有已然之意。至於句類，基本上屬於陳述。再加上特定的語調，表示了肯定的語氣，書面上通過歎號"！"體現出來，擴展成為句子，屬於單句。

按照組成謂語／述語的詞類，單句劃分為動詞謂語句、形容詞謂語句、名詞謂語句。動詞謂語句的謂語／述語由動詞所組成，是最常見的句子。組成謂語／述語的動詞有靜態的動詞，如（30）的"是"，也有動態的動詞，如（31）的"讀"。

（30）沉默是今晚的康橋！　《再別康橋》
（31）孔乙己原來也讀過書　《孔乙己》

　　形容詞謂語句的謂語由形容詞所組成，有雙音節形容詞，如（32）的"高大"，有受程度副詞修飾的單音節形容詞，如（33）的"太傻"，也有光用一個單音節形容詞，如（34）的"大"。

（32）他身材很高大　《孔乙己》

（33）樣子太傻　《孔乙己》

（34）幸虧薦頭的情面大　《孔乙己》

　　組成動詞謂語句和形容詞謂語句的謂語／述語，都屬於謂詞（即動詞和形容詞）。也有些例子由體詞組成謂語，稱為名詞謂語句。如：

（35）今日大熱天氣　《敬業與樂業》

（36）一人一顆　《孔乙己》

（37）他身材很高大；青白臉色，……；一部亂蓬蓬的花白的鬍子。　《孔乙己》

（38）他身材很高大；〔e 青白臉色〕……；〔e 一部亂蓬蓬的花白的鬍子〕

　　（35）的"大熱天氣"是表示時令的名詞，陳述"今日"，跟"今日"組成主謂結構。（36）的"一顆"，由數詞"一"和量詞"顆"組成，都屬於體詞，陳述"一人"，大致上表示"有一顆"的意思，組成主謂結構。（37）這個例子稍為複雜，

"他"是話題,跟"身材很高大"構成話題和評述的關係,後面的體詞類短語"青白臉色"和"一部亂蓬蓬的花白的鬍子",可以理解為陳述一個無聲的成分,這些無聲的成分都指向話題"他"。根據這樣的理解,"青白臉色"和"一部亂蓬蓬的花白的鬍子"都是謂語,組成名詞謂語句,簡單的結構如(38)所示。

複句由兩個或以上的小句組成,組成複句的小句也可以稱為"分句"。組成分句的是小句,不是句子。整個複句才是句子,可以單獨使用,作為根句。根據意義的劃分,複句分為"聯合複句"和"偏正複句"兩大類。

聯合複句內各分句意義平等,沒有主從之分。如:

(39) 人類一面為生活而勞動,一面也是為勞動而生活。
　　　(《敬業與樂業》)

(40) 所以敬業主義,於人生最為必要,又於人生最為有利。
　　　(《敬業與樂業》)

(39) 的副詞"一面",連接了兩個小句,表示第一個小句內的動作"為生活而勞動",跟另一個小句內的動作"為勞動而生活",同時進行,構成了並列關係。至於(40) 的副詞"又",表示了"於人生最為必要"和"於人生最為有利"這兩個分句並存,構成了並列關係。

以下例子的"不是",表示了前一句分句"不想找職業"和後一句分句“無奈找不出來”的意義相反相對，有對比對舉的作用。

（41）我並不是不想找職業，無奈找不出來。 （《敬業與樂業》）

以下例子的幾個分句，按時間順序說明事件的先後，副詞“剛”和“便”突顯了小句之間的時間先後，構成了順承關係。

（42）孔乙己剛用指甲蘸了酒，想在櫃上寫字，見我毫不熱心，便又歎一口氣，顯出極惋惜的樣子。 （《孔乙己》）

有些複句，並非通過連詞或副詞標示，而是在特定的語境構成。這種構成複句的方式，可稱為“意合法”（黃伯榮、廖序東 2007b）。（43）的“見了我”發生在前，“又說道”發生在後，這兩個小句所表達的事件有先後相承的關係，在特定的語境下，可以理解為表達順承關係的聯合複句。

（43）見了我，又說道 （《孔乙己》）

偏正複句內各分句的意義有主有從。所謂“主”，屬於“主導小句”，簡單稱為“主句”，也可稱為“正句”，是整個複句的主要表達所在；“從”是屬於“從屬小句”，簡單稱為“從句”，也可稱為“偏句”，意義從屬於主導小句。（44）的“只要”是連詞，用在從屬小句，表示“你肯繼續做下去”為條件，跟主導小句構成條件關係。

（44）只要你肯繼續做下去，趣味自然會發生。（《敬業與
　　　樂業》）

在以下的例子，"如果"是個標記假設的連詞，用於從屬
小句，"那"是個標記結果的連詞，用於主導小句，兩者構成
假設關係。"出到十幾文"是假設，假設成立的話，結果"就
能買一樣葷菜"就出現。

（45）如果出到十幾文，那就能買一樣葷菜。（《孔乙己》）

以下的"因為"是個標記原因的連詞，用於從屬小句，"他
姓孔"是原因，"別人便從描紅紙上的'上大人孔乙己'這半
懂半不懂的話裏，替他取下一個綽號，叫作孔乙己"是結果，
兩者構成因果關係。

（46）因為他姓孔，別人便從描紅紙上的"上大人孔乙己"這
　　　半懂半不懂的話裏，替他取下一個綽號，叫作孔乙己。
　　　（《孔乙己》）

至於（47），"見"所帶的賓語，是一個嵌套小句"你偷了
何家的書，吊着打"。這個嵌套小句，由兩個小句組成，分別
是"你偷了何家的書"和"吊着打"。在特定的語境下，"你偷
了何家的書"表示了原因，而"吊着打"表示結果，構成了因

果關係，兩者以意合法的方式組成了偏正複句。

（47）我前天親眼見你偷了何家的書，吊着打 《孔乙己》

（48）的"雖然"是用於從屬小句的連詞，"但"是用於主導小句的連詞，"沒有甚麼失職"和"總覺有些單調，有些無聊"這兩個分句構成轉折關係，前後兩個分句的意義有所轉變。

（48）雖然沒有甚麼失職，但總覺有些單調，有些無聊。
《孔乙己》

以下（49）這個例句，前後兩個小句意義相反，有轉折關係，以意合法的方式，組成偏正複句。

（49）我整天的靠着火，也須穿上棉襖了。 《孔乙己》

如何成句？

句子由表達事件的主謂結構，表達時間意義、句類的小句，再加上語氣組成，是比小句更高一級層次的結構，可以單獨使用，成為根句。事實上，為真實用例劃分句子，並不容易。

標點符號雖然可以作為界定句子的參考，但實際的作用並不大。第一，標點符號只在書面使用，口語沒有標點符號；第二，標點符號是結果，不是原因，定義好句子後，才加標點符號，而不是倒過來；第三，加了句號"。"的成分有可能是句子，但不用句號的成分不一定不是句子。比較以下的例子：

（50）我從十二歲起，便在鎮口的咸亨酒店裏當夥計，掌櫃説，樣子太傻，怕侍候不了長衫顧主，就在外面做點事罷。（《孔乙己》）

（50）的"我"是主語，"從十二歲起，便在鎮口的咸亨酒店裏當夥計"是謂語，是組成小句、句子的核心部分。通過"從十二歲起"，配合合適的語境，説話的時候，當夥計應仍然進行。這個例子的句類，屬於陳述。雖然沒有語調，也沒有助詞，但"我從十二歲起，便在鎮口的咸亨酒店裏當夥計"這整個成分表達了敍述的語氣。比較自然的説法，在"夥計"之後、"掌櫃"之前，應該有個停頓。因此，"我從十二歲起，便在鎮口的咸亨酒店裏當夥計"應該分析為句子。然而，作者卻用了逗號"，"，而不是句號。

至於（50）的後半段"樣子太傻，怕侍候不了長衫顧主，就在外面做點事罷"，由三個小句組成，"樣子太傻"的"樣子"是主語，"太傻"是謂語，組成小句，"怕侍候不了長衫顧主"有個無聲主語，指向"掌櫃"。"怕侍候不了長衫顧主"比前面"樣子太傻"的意思更進一層，好像構成一種遞進關係。

雖然沒有連詞和其他關聯詞語，這兩個小句通過意合法，組成聯合複句。"就在外面做點事罷"有個無聲主語，指向說話人"我"，組成小句。通過副詞"就"，這個小句跟前面的聯合複句"樣子太傻，怕侍候不了長衫顧主"構成因果關係，即"樣子太傻，怕侍候不了長衫顧主"是因，"就在外面做點事罷"是果，兩者組成偏正複句。表示語氣的助詞"罷"，說明了這個偏正複句應該是一個句子。"罷"有評價的作用，表達了主觀認定，而說這個句子（偏正複句）的人應該是掌櫃，而不是說這段文字的說話人（即"我"）。按照這一段的語境，"樣子太傻，怕侍候不了長衫顧主，就在外面做點事罷"這個句子應該算是直接引語（quotation），嚴格來講，應該加上引號。直接引語作為前面"說"的賓語，跟"掌櫃說"組成一個句子。簡單來講，上面那段文字，應該劃分為兩個句子：

　　句子一：我從十二歲起，便在鎮口的咸亨酒店裏當夥計。
　　句子二：掌櫃說，樣子太傻，怕侍候不了長衫顧主，就在外　　　　　　　面做點事罷。

　　句子一的結構比較簡單，屬於單句。句子二也是單句，包含主語"掌櫃"和謂語"說……"，只不過"說"的賓語是一個直接引語，由表示因果關係的偏正複句組成，而偏正複句內的從屬小句由表示遞進關係的聯合複句組成。

　　句子包含語氣，本來是根句，不會用作嵌套小句。不過，直接引語的語法性質較為特別。[3]一方面，直接引語一般做賓語，如"說"的賓語；另一方面，直接引語所引的是句子，能夠單獨使用的句子。直接引語貌似嵌套小句，但不是小句，而是包含語氣、可以單獨使用的句子，比較特殊。如：

（51）忽然說："孔乙己長久沒有來了。還欠十九個錢呢！"
（《孔乙己》）

在例子（51），作者在"孔乙己長久沒有來了"之後加了句號，估計有個較長的停頓，表達了強調、肯定的語氣，"孔乙己長久沒有來了"應該分析為句子。"還欠十九個錢呢"有個無聲主語，指向前面的孔乙己，由主謂結構構成核心。句末助詞"呢"，有強調句子新信息的作用（如"十九個錢"），也許表示不滿、感歎的語氣，"還欠十九個錢呢"明顯屬於句子。這個直接引語，包含了兩個句子，同時也作為"說"的賓語，呈現貌似嵌套小句的現象。又如以下的例子：

（52）敬字為古聖賢教人做人最簡易、直捷的法門，可惜被後來有些人說得太精微，倒變了不適實用了。（《敬業與樂業》）

（52）包含了三個小句，即"敬字為古聖賢教人做人最簡

3　有關英語直接引語的句法地位，可參考 Collins（1997）、Haddican, Zweig, and Johnson（2012）等的討論。

易、直捷的法門"、"可惜被後來有些人說得太精微"、"倒變了不適實用了"。"可惜被後來有些人說得太精微"和"倒變了不適實用了"都有一個無聲主語,指向前面的"敬字",都由主謂結構構成核心。這個例子,由三個小句組成。然而,每個小句,到底可以不可以擴展成為句子,則由語氣決定。由於沒有助詞幫助判斷,書面上也沒有辦法表達語調,為這類例子劃分句子的數目,確實有困難。

小結

"句"分為小句和句子,核心部分由主謂結構組成,表示事件。小句表達時間和句類。小句的時間意義,可以通過特定的語境,建立聯繫,也可以通過一些語法手段表達。句類包括陳述、疑問、祈使、感歎,書面上可以通過標點符號體現出來,口語上可以通過語調來顯示。小句加上語氣,擴展成為句子,句子是加上語氣的小句。語氣可以通過語調體現出來,也可以通過句末助詞體現出來。欠缺語氣的"句"只能是小句,不是句子。有語氣的句子,是完整的成分,成為根句,可以單獨使用;欠缺語氣的小句,不算是完整的成分,不能獨立使用,只能作為句子的一部分,沒有獨立性。

句子分為單句和複句。單句劃分為動詞謂語句、形容詞謂語句、名詞謂語句。複句由兩個或以上的小句組成,分為聯合複句和偏正複句。聯合複句內各分句意義平等,沒有主從之分。偏正複句由從屬小句和主導小句兩部分組成,有主有從。

第六章

句類和句式

　　句類的劃分有跨語言的共通之處，可分為四種：陳
述、疑問、祈使、感歎。句式的劃分則由個別語言的特點
所決定。漢語常見的句式，有連謂句、兼語句、被動句、
處置句、比較句等。

小句的分類

句類是按功能為小句所劃分的類別，句式是根據形式特徵為小句所劃分的類別，句類和句式都是為小句分類的方式。

基本句類包括陳述、疑問、祈使、感歎這四種，按照意義來劃分，並由語法特點決定，獨立於語境（Lyon 1995）。這樣的劃分有跨語言的共通之處。每個小句都有句類，句類是小句不可或缺的元素。無論位於根句的小句還是"句中之句"的小句（如嵌套小句、從屬小句、關係小句等），都能劃分句類。

句式的劃分，由個別語言的特點所決定，按照個別語言的情況和習慣分類，缺乏共通性，而且分類欠缺清晰的標準，較難窮盡。漢語的句式，常見的如連謂句、兼語句、被動句、處置句、比較句等。句類和句式是兩個不同的概念，兩者沒有關係，四種基本句類都能套用到不同的句式。

四種句類

句類是按功能為小句分類，劃分為陳述、疑問、祈使、感歎四類。

陳述句 陳述句是用來敘述、說明事件的小句，是最常見、使用最廣泛的句類。書面上，句號“。”往往跟陳述句有關。以下的例子，都用來敍述、説明事件，句末用了句號，屬於陳述句。

（1） 第一要敬業。（《敬業與樂業》）

（2） 他總仍舊是偷。（《孔乙己》）

疑問句 疑問句是用來提問的小句，可通過疑問代詞、句末助詞、語調、特定的詞或句式等方式表示，書面上體現為問號“？”。漢語的疑問句一般分為四類：特指問句、是非問句、反覆問句、選擇問句。特指問句如：

（3） 百行**甚麼**為先？（《敬業與樂業》）

（4） **誰**曉得？（《孔乙己》）

（5） 至於我該做**哪**一種勞作呢？（《敬業與樂業》）

（6） 茴香豆的茴字，**怎樣**寫的？（《孔乙己》）

（7） 他**怎麼**會來？（《孔乙己》）

（8） **為甚麼**該敬呢？（《敬業與樂業》）

特指問句包含了疑問代詞，如（3）的“甚麼”問事物、（4）的“誰”問人、（5）的“哪”問部分、（6）的“怎樣”問方式、（7）的“怎麼”本來問方式，但在助動詞“會”之前，是問原因（蔡維天 2000，2007，Tsai 2008，鄧思穎 2009，2011，Tang 2015 等），甚至有反詰的味道，帶點否定的語氣。

問原因的"怎麼"跟（8）的"為甚麼"的作用差不多，但"為甚麼"欠缺反詰的味道，也沒有否定的語氣。除了這幾個見於《孔乙己》和《敬業與樂業》的疑問代詞外，[1] 還有問數量的"多少"、問數量或程度的"多"。回答特指問句的答案，就是疑問代詞所問的部分。

這些疑問代詞在粵語都有對應的成分，但形式跟普通話都不一樣。如：

（9）　百行**乜嘢**為先？　百行甚麼為先？

（10）　**邊個**知道？　誰曉得？

（11）　我應該做**邊**一種工作呢？　我該做哪一種工作呢？

（12）　茴香豆嘅茴字**點樣**寫㗎？　茴香豆的茴字怎樣寫的？

（13）　佢**點**會嚟？　他怎麼會來？

（14）　**點解**要敬呢？　為甚麼該敬呢？

問事物的"甚麼"是（9）的"乜嘢"（mat1 je5）、問人的"誰"是（10）的"邊個"（bin1 go3）、問部分的"哪"是（11）的"邊"（bin1）、問方式的"怎樣"、"怎麼"是（12）的"點樣"（dim2 joeng2），粵語的"點"（dim2）雖然可以問方式，但（13）在助動詞"會"之前的"點"是用來問原因。問原因的"為甚

1　《也許》、《再別康橋》沒有特指問句，《再別康橋》沒有任何疑問代詞。

麼"是（14）的"點解"（dim2 gaai2）。

表示句類的單位是小句，不是句子。句類以小句為單位，不以句子為單位。因此，句類的分析適用於句中的小句。如：

（15）不知自己的身子和心子擺在**哪裏**才好，他們的日子真難過。 （《敬業與樂業》）

（16）不知〔自己的身子和心子擺在**哪裏**〕才好，他們的日子真難過。

例子（15）雖然有疑問代詞"哪裏"，但"哪裏"所適用的範圍有限，²只局限於句中的小句內，這個小句在（16）以括號表示。括號部分是小句，是"才好"的主語，屬於小句做主語的例子。這個小句是特指問句，屬於疑問句的一種，但整個句子不是疑問句，句末不會加上問號，聽話人也不必回答。

有些例子雖然有疑問代詞，但疑問代詞並不一定用來提問，不算是特指問句。比較以下的例子：

（17）雖然沒有**甚麼**失職，但總覺有些單調，有些無聊。（《孔乙己》）

（18）他心目中沒有**甚麼**人不可教誨 （《敬業與樂業》）

2　所謂適用範圍，語義學稱之為"轄域"（scope）。"哪裏"的轄域只限於小句內，不超越小句，不能到根句的層面。

（19）　無論**誰**都不許驚醒你　《也許》

（17）和（18）的"甚麼"被"沒"所否定，沒有提問的作用，只表示不確定的某些人或某些事情，對聽話人來講，那些不確定的人或事物，是初次在語境聽到的，屬於新信息。這種意義，稱為"無定"（indefinite）。在有連詞"無論"的（19）內，"誰"沒有提問的作用，只表示任何人、所有人的意思。這三個例子的小句，都不算是疑問句。

粵語的疑問代詞也有類似的用法。如：

（20）　雖然冇**乜**失職　雖然沒有甚麼失職

（21）　佢心目中冇**乜嘢**人係唔可以教嘅。　他心目中沒有甚麼人不可教誨。

（22）　唔理**邊個**都唔准嚇親你　無論誰都不許驚醒你

（20）的"乜"（mat1）（甚麼）、（21）的"乜嘢"（mat1 je5）（甚麼）都被否定詞"冇"（mou5）（沒）所否定，只有無定的用法，沒有提問的作用。[3]（22）的"唔理"（m4 lei5）是"無論"的粵語對應，在這個語境下，"邊個"（bin1 go3）（誰）只有任指的用法。

3　"乜"是"乜嘢"的省略說法，兩者基本上可以互換。快讀的話，"乜嘢"也可以合音為"咩"（me1）。

是非問句通過加上助詞"嗎"（或寫作"麼"）、用上升的疑問語調等方式形成。如：

（23）難道不做工就不苦**嗎**？ 　《敬業與樂業》

（24）你當真認識字**麼**？ 　《孔乙己》

（25）尋夢？ 　《再別康橋》

（26）倘若我們去賭錢、去吃酒，還不是一樣淘神、費力？
　　　《敬業與樂業》

回答是非問句，肯定的答案通常說"是"、"對"，否定的答案通常說"不"，也可以通過點頭或搖頭等非語言的方式回答，因此這種問句稱為是非問句。沒有助詞"嗎"、"麼"的例子，通過上升的疑問語調也能形成是非問句。書面上，如果把問號改為句號，那就無異於陳述句。

粵語也通過加上助詞、上升語調等方式形成是非問句。如：

（27）唔通唔做工就唔辛苦**咩**？ 　難道不做工就不苦嗎？

（28）你真係識字**呀**？ 　你當真認識字麼？

（29）尋夢↗？ 　尋夢？

（27）的"咩"（me1）帶有較為強烈的反詰口吻，有否定的意思。由（28）的"呀"（aa4）所組成的是非問句，求證意味比較明顯，用來印證說話人已知的信息（張洪年 1972）。通過上升語調所問的是非問句，往往表示猜測和質疑，如（29）以"／"代表上升語調。[4]

反覆問句，又稱為"正反問句"，由謂語的肯定形式和否定形式並列而成。以"VO"代表述賓結構，反覆問句大致上分為幾個類型：VO 不 VO、VO 不 V、V 不 VO、VO 不（朱德熙 1982，1991），如以下的例子。

（30）你吃飯不吃飯？　　　　（VO 不 VO）

（31）你吃飯不吃？　　　　　（VO 不 V）

（32）你吃不吃飯？　　　　　（V 不 VO）

（33）你吃飯不？　　　　　　（VO 不）

"VO 不"這一種反覆問句，又稱為"VP Neg"問句，當中的"Neg"代表否定詞。回答反覆問句的答案，肯定的答案是重複謂語的肯定形式，否定的答案是重複謂語的否定形式。比較以下的例子：

（34）看過壺子底裏有水沒有　（《孔乙己》）

（35）看過〔〔壺子底裏有水〕〔沒有〕〕

（34）的"壺子底裏有水沒有"是"看過"的賓語，屬於嵌

4　粵語還有一個較為中性的"嗎"（maa3），跟"咩"、"呀"、上升語調所表達的意思都不一樣，可參考鄧思穎（2015：§ 10.6）的比較。

套小句。"壺子底裏"是主語,"有水"是謂語,句末的"沒有"跟前面的謂語"有水"組成反覆問句,屬於"VO 不"類,也就是所謂"VP Neg"問句。"壺子底裏有水沒有"是一個用反覆問句做嵌套小句的例子。這個例子的句法結構可以簡單描繪如(35)。

粵語的反覆問句只有兩種類型:"V 不 VO"和"VO 不",而"VO 不"的否定詞只能是"未"(mei6),意思是"還沒有",不能用"唔"(m4),即普通話"不"的對應成分。

(36) 你食唔食飯? 你吃不吃飯?

(37) 你食飯未? 你已吃飯沒有?

(38) * 你食飯唔? 你吃飯不?

(34) 在粵語比較地道的說法,是用"V 不 VO"來說。(39) 的"冇"(mou5)(沒有),由"無有"合音而成(張敏 2002,Law 2014),"有冇"實際上由"有無有"組成,屬於"V 不 VO"類型。

(39) 睇吓個壺底度有冇水 看過壺子底裏有水沒有

選擇問句通過"還是"連接選擇的部分,如(40)的"還是"連接"打籃球"和"打排球"這兩個選項,形成選擇問句。《孔乙己》、《敬業與樂業》、《也許》、《再別康橋》這四篇篇章都沒有選擇問句的例子。

（40）他們打籃球還是打排球？

粵語的選擇問句用連詞"定"（ding6）來連接選項，如（41）。

（41）佢哋打籃球定打排球？　他們打籃球還是打排球？

祈使句　祈使句表達了請求、要求、命令等作用。主語通常是第二人稱，也常常用指向聽話人的無聲主語。謂語表示動態的事件，由表示動作行為的動詞短語組成。

（42）記着！　（《孔乙己》）
（43）不要取笑！　（《孔乙己》）

（42）的"記着"由孔乙己所説的，主語是無聲的，指向聽話人，即文章作者"我"。至於（43）的主語，也是無聲的，指向聽話人，即文章中的掌櫃。祈使句的否定詞除了可以用"不（要）"外，還可以用"別"。粵語祈使句的否定詞，對應的成分為"唔好"（m4 hou2）（不要）和"咪"（mai5）（別）。

感歎句　感歎句表達濃厚的感情，往往體現在充滿感情的語調，書面上則用歎號"！"表示。

（44）難！難！　（《敬業與樂業》）
（45）在康河的柔波裏，我甘心做一條水草！　（《再別康橋》）
（46）對呀對呀！　（《孔乙己》）

有些感歎句跟疑問句的詞序一樣，形式很相似，都用了"多"，但區別的方式依靠語調，以下兩句的語調不同。此外，用在感歎句的"多"是副詞，而用在疑問句的"多"是疑問代詞，兩者的詞類不一樣。

（47）他多胖！
（48）他多胖？

粵語不用"多"，而是用"幾"（gei2）。雖然感歎句和疑問句都用"幾"，但兩句的語調不同，以語調區別歧異。

（49）佢幾肥！ 他多胖！
（50）佢幾肥？ 他多胖？

句類由句子意義來劃分，並且由一些顯著的語法特點來決定，例如疑問代詞、句末助詞、主語和謂語的選擇、特殊的形式等，語調也扮演了重要的角色。

連謂句

連謂句由兩個謂詞成分組成，也稱為"連動句"，屬於漢語句式的一種。這兩個謂詞成分，都陳述相同的主語。如：

（51）我正合了眼坐着　《孔乙己》

在（51）這個例子裏，"正合了眼"和"坐着"是兩個由謂詞組成的成分，都指向"我"，"我"作為這兩個成分的主語，即表示了"我正合了眼"和"我坐着"。這兩個事件，有時間先後的關係，"正合了眼"在先，"坐着"在後。事實上，這兩個謂語也可以理解為"正合了眼"是"坐着"的方式。如果這樣，"正合了眼"好像用來修飾"坐着"，兩者可構成偏正關係。

連謂句的第一個謂詞成分可以有賓語，如（51）的"正合了眼"，也可以是沒有賓語的不及物動詞，如（52）的"站起來"。"站起來"和"向外一望"都陳述相同的主語，在語境都指向說話人（即文章中的"我"）。按照時間先後的順序，"站起來"發生在前，"向外一望"發生在後。

（52）站起來向外一望　《孔乙己》

連謂句除了表示先後發生的兩件事件外，還可以表示方式和目的的關係。比較以下兩個例子：

（53）只看見他們埋頭執筆做他的事　《敬業與樂業》
（54）諸君扯直耳朵來聽　《敬業與樂業》

（53）的"埋頭執筆"和"做他的事"這兩個由謂詞組成的成分，都陳述相同的主語"他們"，"埋頭執筆"是方式，而"做他的事"是"埋頭執筆"的目的。"他們埋頭執筆做他的事"
這個連謂句作為"看見"的賓語,是一個以連謂句做嵌套小句
的例子。(54)的動詞"來"明顯表示了目的,"扯直耳朵"是
方式,"來聽"是目的,兩者都陳述相同的主語"諸君"。

有些由兩個謂詞成分組成的例子,既不表示時間先後,又
不表示方式和目的的關係。雖然陳述相同的主語,但不當成是
連謂句。如:

(55)只有穿長衫的,才踱進店面隔壁的房子裏,要酒要菜
（《孔乙己》)

(55)的"要酒"和"要菜",雖然都指向"穿長衫的",但
"要酒"和"要菜"好像理解為同時進行,而並非先後進行,
也不表示方式和目的的關係,一般不算作連謂句,只當作普通
的聯合結構。[5]

兼語句

兼語句由兩個謂詞成分組成,屬於漢語句式的一種。這兩

5　事實上,部分連謂句可以分析為聯合結構,詳見本書第八章的討論。

個謂詞成分，分別陳述不同的主語，第一個謂詞成分的賓語同時理解為第二個謂詞成分的主語，這個賓語身兼兩職，因此這種句式稱為"兼語"。

兼語句的第一個謂詞成分表示使令、促成的意義，常見的動詞包括"請"、"使"、"叫"、"讓"、"派"、"勸"、"催"、"逼"、"命令"、"禁止"、"不許"、"吩咐"等，第二個謂詞成分是第一個謂詞成分要產生的結果或要達到的目的。《也許》用了不少兼語句，如：

（56）我叫紙錢兒緩緩的飛 （《也許》）

（57）我吩咐山靈保護你睡 （《也許》）

（58）不許清風刷上你的眉 （《也許》）

（56）的"紙錢兒"是"叫"的賓語，而同時也是"緩緩的飛"的主語。"叫"表示了使令意義，"緩緩的飛"是"叫"所要達到的結果。（57）的"山靈"是"吩咐"的賓語，同時也是"保護你睡"的主語；至於"保護你睡"這個例子，"你"是"保護"的賓語，又同時是"睡"的主語。（58）的"清風"是"不許"的賓語，同時也是"刷上你的眉"的主語。

除了表示使令意義外，還有些兼語句，用來表示讚許、怪責等意義，第一個謂詞成分往往表示讚許、責怪等心理活動，常見的例子如"稱讚"、"表揚"、"誇"、"笑"、"罵"、"恨"、"嫌"、"感謝"、"喜歡"等，而第二個謂詞成分表示原因。

（59）我喜歡這孩子懂事

（60）信得過我可以當大總統才去當 （《敬業與樂業》）

（59）的"喜歡這孩子"，原因是因為"懂事"，"這孩子"既是"喜歡"的賓語，又是"懂事"的主語。有些兼語句，第二個謂詞成分說明第一個謂詞成分的內容，如（60）的"信得過我可以當大總統"是兼語句，"可以當大總統"是"信得過"的內容，"我"是"信得過"的賓語，又同時是"可以當大總統"的主語。

有些"有"的句式，也可以當作兼語句。[6]

（61）有些人看着我們好苦 （《敬業與樂業》）

（62）可見人生一切毛病都有藥可醫 （《敬業與樂業》）

（61）的"些人"（即省略了"一"的"一些人"），既是"有"的賓語，又是"看着我們好苦"的主語，屬於兼語句。（62）的"有藥可醫"雖然是習用語，但這個格式也屬於兼語句的類型："藥"是"有"的賓語，而同時是"可醫"的主語。

---

6 "有"字句跟所謂"存現句"有些相似的特徵，賓語往往表達無定意義，可參考 Huang（1987b）、Tsai（1994）等的討論。

被動句

漢語被動句主要以"被"作為標記，也稱為"被字句"。除"被"外，"叫"、"讓"、"給"也是被動句的標記。[7]

《孔乙己》、《敬業與樂業》、《也許》、《再別康橋》這四篇篇章中，被動句只有（63）一例，也沒有用"叫"、"讓"、"給"的例子。按照意義來分析，"被"後面的"後來有些人"是施事，即執行動作的人，"被"前面有個無聲主語，指向"敬字"，"敬字"是受事，即"說得"這個動作行為所關涉、支配的對象。

（63）敬字為古聖賢教人做人最簡易、直捷的法門，可惜被後來有些人說得太精微　《敬業與樂業》

按照施事的出現與否，被動句分為"長被動句"和"短被動句"（Ting 1995，1998）。

（64）張三被李四打傷了。　（長被動句）
（65）張三被打傷了。　（短被動句）

7　文獻主要的爭論焦點是"被"的詞類和語法地位，可參考 Huang（1999）、鄧思穎（2003，2010）、Huang，Li and Li（2009）等的介紹。

　　長被動句是指有施事的被動句,(64)的"張三"是施事,
這句被動句屬於長被動句;沒有施事的被動句稱為短被動句,
如(65)。(63)的"後來有些人"是施事,屬於長被動句。《孔
乙己》、《敬業與樂業》、《也許》、《再別康橋》這四篇篇章中,
沒有短被動句。

　　粵語被動句的標記是"畀"(bei2)。在粵語口語中,被動
句的施事必須出現,如(66)的"老闆",沒有施事的短被動句
(67)是不能説的。短被動句是普通話和粵語語法差異之一。

(66)佢畀老闆鬧。　他被老闆罵。

(67)*佢畀鬧。　他被罵。

　　有些由主謂結構組成的例子,做主語的是受事,而不是施
事。所謂受事,是受動作影響的人或事物。

(68)這些字應該記着　(《孔乙己》)

(69)職業難找　(《敬業與樂業》)

(70)這件事分明不能不做　(《敬業與樂業》)

　　(68)的"這些字",本應是"記着"所關涉、支配的對象,
屬於受事,但卻置於"記着"之前,位於主語的位置。(69)
的"職業"是"難找"所關涉、支配的對象,屬於受事,(70)
的"這件事"是"做"的受事。這些例子,雖然沒有"被",
但跟被動句有點相似,都是以受事作為主語。為了區別,有

“被”的才算是被動句，沒有“被”的則稱為“受事主語句”，而不屬於被動句。

處置句

處置句通過“把”對受事加以處置，表達了一種處置意義，又稱為“把字句”。按語法來説，“把”後面的成分是述語的賓語；按意義來説，這個成分是受事，是動作行為所關涉、支配的對象，甚至是受影響的對象。[8]

（71）像不把走路當一回事　（《敬業與樂業》）

（72）那麼你先把眼皮閉緊　（《也許》）

（71）的“走路”是“當”的賓語，是較為靜態的行為“當”所關涉的對象。（72）的“眼皮”是“閉緊”的賓語，是較為動態的動作“閉緊”所影響的對象。假設賓語“眼皮”原本在述語“閉緊”之後出現，“把”就好像有一種把賓語提前的作用。

除“把”外，處置句也可以用“將”。比較以下的例子：

8　處置句和“把”的詞類是漢語語法學廣泛討論的課題。文獻所發現的主要語法特點，可參考 Y.-H. A. Li（2006）的綜合介紹。

（73）伸開五指將碟子罩住 （《孔乙己》）

（74）從刻苦中將快樂的分量加增 （《敬業與樂業》）

（73）的“碟子”是“罩住”的賓語，意義上是動態動作“罩住”所影響的對象，即受事。（74）的“快樂的分量”是“加增”的賓語，意義上是“加增”所影響的對象。

粵語不用“把”，可用“將”（zoeng1）來對應普通話處置句的“把”。不過，粵語更自然的說法，是不用“將”，一般通過“述語＋賓語”的詞序表達處置意義。以下兩例是粵語的例子，相比之下，（76）的說法比（75）更自然。

（75）將隻眼合埋 把眼睛閉上

（76）合埋隻眼 把眼睛閉上

比較句

比較句是比較的句式，典型的標記是“比”，也稱為“比字句”。比較句包括“差比句”和“平比句”。差比句通過這樣的句式“甲＋比＋乙＋形容詞”，用來表示甲乙兩者在數量、性質、程度的差別，當中的乙是比較項，（77）的“別人”、（78）的“別國”都屬於比較項。

（77）品行卻比別人都好　（《孔乙己》）

（78）找職業的機會，依然比別國多得多　（《敬業與樂業》）

粵語的差比句，較為地道的説法，是"甲＋形容詞＋過＋乙"的詞序，（79）的"過"（gwo3）附加在形容詞上，把比較項"一日"置於"過"之後。不過，《孔乙己》有個跟粵語的詞序相似的例子，"比"和比較項都在形容詞"涼"的後面，如（80）。普通話較常用的詞序，會説成"秋風是一天比一天涼"。[9]

（79）秋風係一日凍過一日。　秋風是一天比一天涼。

（80）秋風是一天涼比一天　（《孔乙己》）

除"比"外，還可以用"和"、"同"組成比較句。（81）的"掌櫃的等級"是比較項，在"和"之後。"和"、"同"還可以表示相等級，構成"平比句"，如（82）的"同……一樣"、（83）的"和……同"這樣的句式。

（81）我暗想我和掌櫃的等級還很遠呢　（《孔乙己》）

（82）掌櫃仍然同平常一樣　（《孔乙己》）

（83）和你們當軍人的打勝一支壓境的敵軍同一價值　（《敬業與樂業》）

9　有關漢語比較句的詞序問題，有不少歷時和方言的討論，可參趙金銘（2002）、李藍（2003）、張赬（2005）、魏培泉（2007）等。

小結

　　句類是按功能為小句所劃分的類別，句式是根據形式特徵為小句所劃分的類別，句類和句式都是為小句分類的方式。

　　句類的劃分有跨語言的共通之處，基本的句類有四種：陳述、疑問、祈使、感歎。漢語的疑問句分為四類：特指問句、是非問句、反覆問句、選擇問句。

　　句式的劃分，由個別語言的特點所決定，按照個別語言的情況和習慣分類，缺乏共通性。漢語的句式，常見的如連謂句、兼語句、被動句、處置句、比較句等。

第七章

短語結構理論

　　短語結構理論是一種以形式化的方式，分析語法結構
的理論。合併是形成短語的重要方法。中心語組成短語，
短語必須有中心語。短語可以有補足語、指定語，也可以
通過附接方式，加入附接語。通過合併，詞形成短語，短
語跟短語也可以組合成更大更複雜的結構。規律的重複使
用，是語言遞歸之源，創造能力之本。

語法的組合

　　語法的成分按照一定的方式組合，通過不同方式的組合，形成結構。這些組合的方式，有一定的規矩，那就是語法。語言的每一個字詞，不是孤立存在，不是毫無關係。語言的組合關係，可通過例子 (1) 來說明：

　　(1)　怎麼會打斷腿？　（《孔乙己》）

　　例子 (1) 分析為六個語素：“怎”、“麼”、“會”、“打”、“斷”、“腿”。如果只停留在這個層面，就看不到語素和語素的關係。語素通過特定的組合，才能成為詞。詞是比語素高一級的層次。(1) 的六個語素，組成四個詞：“怎麼”、“會”、“打斷”、“腿”。語素的組合方式，是有規律的。雖然“麼”和“會”緊挨着，但不能組成詞。所謂不能組合的原因，就是規律使然。語素組合成為詞，所通過的方式，制約組合方式的規律，就是詞法，是構成語法的一部分。

　　詞通過特定的組合方式，成為短語。短語是比詞高一層的單位。如 (1) 的“腿”組成名詞短語，“打斷腿”組成動詞短語，“會打斷腿”再組成動詞短語，“怎麼”組成副詞短語，這個副詞短語跟“會打斷腿”再組成更大的動詞短語。短語的組合方式，也有規律。詞形成短語，所通過的方式，制約組合方式的規律，就是句法，是構成語法的一部分。

能夠組合的成分，可以通過種種的測試，顯示出來。以 (1) 為例，"腿"可以從原來的位置移動到前面，如 (2)：

(2)　腿，怎麼會打斷？
(3)　打斷腿，怎麼會？

"腿"由原來位置跑到另一個位置，這種做法，稱為"移位"（movement）。移位是一種句法現象，能用作測試成分組合的能力，顯示句法結構的特點。(2) 的"腿"能夠移位，說明"腿"在句法裏是成分；(3) 的"打斷腿"能夠移位，說明"打斷腿"在句法裏也應是一個成分。比較以下的例子：

(4)　＊斷腿，怎麼會打？
(5)　＊會打，怎麼斷腿？

這兩個例子，都不能接受，(4) 的"斷腿"和 (5) 的"會打"不能進行移位，說明了在句法裏，"斷腿"和"會打"都不能組合。決定這些成分的組合方式，就是句法。根據句法，詞和短語的組合是有規律的，不是孤立的，也不是雜亂無章的。句法所關心的成分，就是短語。短語的形成，是句法學研究的課題，也是研讀句法學的基礎知識。

合併

語言有創造能力，我們可以理解從來沒聽過的語句，也可以說出從來沒說過的語句。日常所說所聽的語句，不可能全靠死記、背誦，而是通過一定的方式說出來，也可通過這個方式去理解。語言的創造能力，可以通過理論來說明分析，也可以通過理論，認識人類語言有趣的一面。

語言的創造能力，跟"遞歸"（recursiveness）的性質有關。掌管語言組合方式的規律，數量有限，而且可以重複使用，形成語言有無窮盡生成能力的現象。比較以下的例子：

（6）　亂蓬蓬的花白的鬍子　（《孔乙己》）

（7）　……長長的乾乾的粗粗的亂蓬蓬的花白的鬍子

以"鬍子"為例，如果甚麼都不加添，那就是一個簡單的名詞，組成簡單的名詞短語。為了形容鬍子，可以加上修飾成分，如（6）的"亂蓬蓬的"、"花白的"，組成偏正結構。事實上，可以加入更多的定語，如（7）的"長長的"、"乾乾的"、"粗粗的"等。甚至數量不限，加入無限多的定語，句法是允許的，符合語言組合方式的規律。規律的重複使用，呈現遞歸現象，使語言擁有創造能力。詞可以組成短語，短語跟短語也可以組合起來，組合的"組"就是句法學的核心，也是語言遞歸之源，創造能力之本。

　　"短語結構理論"一詞借自早期生成語法學對分析句法結構理論的叫法（Chomsky 1957）。本書借用這個名稱，用來指分析句法結構的理論。至於本書所用的具體分析，則主要以Chomsky（1995）的框架為基礎。這個理論的基本精神，是以形式化、有系統的方式，把較為抽象的結構顯示出來，方便了解語法各個成分的組合關係，認識語言的特點，也可以此作為一把尺，量度各種結構，找出組合的規律，甚至比較不同的語言，研究不同語言的異同，對人類語言有更深入的認識。因此，短語結構理論並非只為某一個語言而設的工具，而是能適用於研究所有語言。這個理論在不同的語言或許會有不同的體現、不同的分析，需要作適當的調節，但基本的原理是一樣的。雖然本章以漢語例子作為介紹，但這個理論的基本操作，應該適用於其他語言的研究，而不局限於漢語。

　　短語結構理論對語法有一個重要的假設 ——"合併"（Merge）（Chomsky 1995）。合併是形成短語的句法操作，組成句法結構的方式。通過合併，各個成分可以組合起來。句法的組合問題，就是以合併來定義。合併是句法最重要的操作，是形成句法結構的必要手段，在人類語言具有普遍性。合併的使用不止一次，可以重複應用。既然可以重複應用，合併就可以產生複雜的結構。語言的遞歸性質、創造能力，就是通過合併的重複使用來解釋。遞歸的特點，可能是人類獨有的，因而只有人類才會説話（Hauser, Chomsky, and Fitch 2002）。合併具有跨語言普遍性的特點，也是組成普遍語法的核心部分（Chomsky 2007）。

　　合併把兩個成分湊合在一起，形成短語。短語組成的方向是由下而上的，先從最底層的詞開始，一步一步，一層一層，形成層級結構。以"X"和"Y"兩個成分為例，合併把他們湊合在一起。"X"和"Y"只是代號，作為假設的例子，並非實際的例子。假設"X"和"Y"是兩個詞。以下（8）的表達方式，稱為"樹形圖"，因為形狀像一棵樹。樹形圖是短語結構理論的分析工具，也是句法學最常用的表達方式。樹形圖通過兩個分枝，把"X"和"Y"連接起來，組成一個結構。這是第一步。

　　（8）

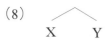

　　假設"X"是最重要的成分，以"X"為核心，合併後的結構也因而以"X"命名。在樹形圖（9）的頂端，標籤為"X"。這是第二步。

　　（9）

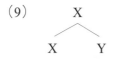

圖（9）的兩個"X"，容易造成混淆。為了方便討論，以
"X"命名的結構稱為"XP"，當中的"P"是短語（phrase）的
簡寫，"XP"即表示由"X"組成的短語，或稱為"X短語"。
至於最底層的"X"，寫法維持不變。為突顯"X"的重要性，
"X"稱為"中心語"（head）。至於"Y"，是第一個跟中心語合
併的成分，稱為"補足語"（complement）。這是第三步。

（10）

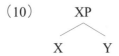

中心語是詞，補足語不能是詞，只有短語才能做補足語。
假如"X"和"Y"分別代表兩個詞，以詞作為中心語的"X"
沒有問題，但以詞作為補足語的"Y"卻不符合這個要求。為
了符合短語結構理論的要求，樹形圖（10）必須改為（11）的
表達方式。"X"是詞，作為"XP"的中心語；"YP"是短語，
作為"X"的補足語。至於"YP"的內部組合，暫時從略。到
了這一步，一個完整的短語結構就形成了。

（11）

中心語和補足語的前後位置，並非一成不變。中心語可以
在前邊，如（11）所示，也可以在後邊，如（12）。

（12）　　　　XP
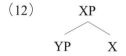
　　　　YP　　　X

　　雖然（11）和（12）的"X"和"YP"前後位置不同，但它們的關係仍然不變："X"是中心語，"YP"是補足語。中心語在前還是在後，不同語言有不同的選擇，這是造成語言差異的一個原因；甚至在同一個語言裏，中心語的前後位置往往由個別詞類來決定，形成了豐富而複雜的詞序現象。短語結構理論所提供的是一個可以用來分析不同語言、不同結構的框架。在這個框架之下，作種種的分析和解釋，成為分析語法的工具。

　　除了由兩個成分組成短語的例子外，單一成分也可以組成短語。假設只有一個"X"，沒有"Y"。合併的方式比較簡單，樹形圖只有一個枝，如（13）。這是第一步。

（13）　　｜
　　　　X

　　由於只有一個成分，"X"自然成為最重要的成分，整個結構因而以"X"命名。在樹形圖的頂端，標籤為"X"。這是第二步。

（14）　　X
　　　　｜
　　　　X

158

為了表明上下兩個"X"的不同地位，在上的"X"是短語層次，寫作"XP"，在下的"X"是中心語，維持寫作"X"。這是第三步，也是最後一步，一個完整的短語就形成了。假如"X"是一個詞，(15) 這個"XP"就是由一個詞形成的短語。

(15)　　　XP
　　　　　│
　　　　　X

短語不能缺少中心語，但不一定有補足語。沒有中心語的短語是不能接受的，但補足語卻可有可無。(15) 就是一個很好的例子，只有中心語，卻沒有補足語。

假如樹形圖 (11) 當中的"YP"由一個詞形成，可以重新畫成 (16)。"X"的補足語是"YP"，而"YP"是由一個詞形成的短語，"YP"內只有中心語，沒有補足語。

(16)　　　XP

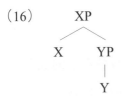

上述所用的"X"、"Y"只是符號，作為代號。根據實際的例子，可以填入不同的詞類。短語結構理論的習慣是用英文術語簡稱的字母作為詞類的代號，用在樹形圖裏。為了方便討論，幾個常用的漢語詞類，用英文簡稱的字母來代表，本書所採用的漢語詞類名稱，可以跟這些字母一一對應和轉換：
"N"是名詞（Noun）；"Cl"是量詞（Classifier）；"Num"是
數詞（Number）；"D"是"Determiner"的簡稱，有限定的作
用，用來代表代詞，包括指示代詞、人稱代詞、疑問代詞等；
"V"是動詞（Verb）；[1] "A"是形容詞（Adjective），也包括區別
詞；"Adv"是副詞（Adverb）；"P"是介詞（Preposition）；部
分連詞用"C"代表，是"Complementizer"的簡稱，有標句的
作用；部分連詞用"Co"代表，是"Conjunction"的簡稱，有
連接短語的作用；助詞是個複雜的類，包括表示時間的"T"
（Tense）、表示語氣的"F"（Force）等。[2] 為方便對照，本書所
用的詞類名稱和簡寫字母詳列於表（17）。

1　"V"其實也可以包括漢語的形容詞，這是把漢語的形容詞當作動詞小類的一種分
　　析。有興趣的讀者，可以參考鄧思穎（2010）的分析。
2　擬聲詞、感歎詞的分析較為複雜，暫時從略。

（17）漢語詞類的簡稱

	詞類名稱	簡寫字母
實詞	名詞	N
	量詞	Cl
	數詞	Num
	區別詞	A
	代詞	D
	動詞	V
	形容詞	A
虛詞	副詞	Adv
	介詞	P
	連詞	C, Co
	助詞	T, F

以（18）這個簡單的例子作為示範：

（18）尋夢　（《再別康橋》）

（19）

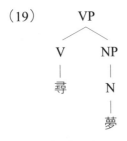

（18）有兩個成分：“尋”和“夢”，分別屬於動詞和名

詞。"夢"是名詞，以"N"代表，句法結構如樹形圖（19）所示。最底層的"夢"是語言的實例，"N"表示詞類，最高一層的"NP"代表了短語層次。根據這個圖，"夢"是名詞短語"NP"。"N"是"NP"的中心語，"NP"只有中心語，沒有補足語。"夢"的結構完成後，就跟"尋"組合起來，組合的方式就是合併。合併把"尋"和"夢"兩個成分組合起來，組合後，以"尋"作為核心，並以"尋"的詞類命名："VP"。"VP"以動詞作為中心語，"NP"作為補足語。這個組合，正好顯示了"尋"和"夢"的語法關係："尋"跟"夢"構成述賓關係，"尋"作為述語，"夢"是賓語，組成述賓結構。用短語結構理論的話説，述賓結構是一個短語，以述語作為中心語，以賓語作為補足語。這個樹形圖，其實跟（16）的結構是一模一樣的。

　　（20）的"吃完豆"，跟"尋夢"有相同的結構。兩者同屬述賓結構，也同樣分析為"VP"。"吃完"是述補式複合詞，"吃"和"完"這兩個語素在詞法內組成複合詞，跟句法無關。短語結構理論只分析詞和短語、短語和短語的合併問題，屬於句法的操作，跟詞法無關。句法樹形圖不能反映詞法內部的結構。因此，句法樹形圖，不必也不能把"吃"、"完"拆開，"吃完"就是一個詞，置於（21）的"V"之下。

　　（20）孩子吃完豆　（《孔乙己》）

（21）

（22）的"從粉板上"，"從"是介詞，標籤為"P"；"粉板
上"是名詞，由附加式合成詞的方式組成，"上"是後綴，黏
附在"粉板"，標籤為"N"。這個例子的結構，可以由（23）的
樹形圖所展示。這個介詞短語"PP"的中心語是"P"，名詞短
語"NP"作為補足語。

（22）**從粉板上**拭去了孔乙己的名字　（《孔乙己》）

（23）

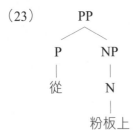

每個詞都能組成短語，而且必須組成短語。假設"X"是
詞，就應該有"XP"，如此類推。上述所列的漢語詞類，原
則上都能夠組成短語：由名詞組成的"NP"、由量詞組成的
"ClP"、由數詞組成的"NumP"、由代詞組成的"DP"、由動詞

組成的"VP"、由形容詞、區別詞組成的"AP"、由副詞組成的"AdvP"、由介詞組成的"PP"、由連詞組成的"CP"、"CoP"、由助詞組成的"TP"、"FP"等。

以(24)的"一支長篙"為例,這個組合,一共有三個詞:數詞"一"、量詞"支"、名詞"長篙",分別用"Num"、"Cl"、"N"來代表。"長篙"的結構,一如上述的"夢"、"豆"、"粉板上",屬於名詞短語"NP",如(25)。這是第一步。

(24) 撐一支長篙 (《再別康橋》)

(25)

合併把"支"和"長篙"組合起來,並以量詞作為核心,用量詞"Cl"命名,形成量詞短語"ClP"。這是第二步。

(26)

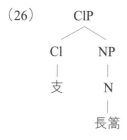

"一"和"支長篙"通過合併組合起來,並以數詞"Num"

作為核心，用數詞命名，形成數詞短語"NumP"。這是第三步。(27) 由三層的短語組成："NumP"、"ClP"、"NP"。各個短語都有中心語，除"NP"外，"NumP"內有補足語，"ClP"內有補足語，每個補足語都由短語組成，符合句法的要求。

（27）

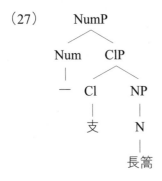

至於（24）的"撐一支長篙"，"一支長篙"作為"撐"的賓語。樹形圖（28）表達了這個例子的句法結構。合併把動詞"撐"和數詞短語"一支長篙"組合起來，以動詞作為核心，組成"VP"。這一個部分的結構，跟之前的"尋夢"是一模一樣的。"撐一支長篙"和"尋夢"都是動詞短語，以動詞作為中心語，跟補足語構成述賓關係。

（28）
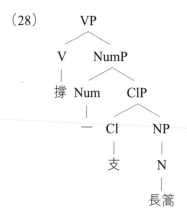

（29）的"這兩句話"，多加了指示代詞"這"，合併把"這"和"兩句話"組合起來。"兩"是數詞，"句"是量詞，"話"是名詞。"兩句話"的句法結構，跟上述"一支長篙"完全一樣。指示代詞用"D"來代表。"這"跟"兩句話"合併，以"D"為核心，並以"D"命名，"兩句話"是"這"的補足語，組成"DP"，如（30）。[3]

（29）又常常把**這兩句話**向我的朋友強聒不舍　（《敬業與樂業》）

3　對漢語體詞類短語的句法分析感興趣的讀者，可進一步參考 Y.-H. A. Li（1998）、Cheng and Sybesma（1999）、Sio（2006）、Wu and Bodomo（2009）等的討論。

（30）

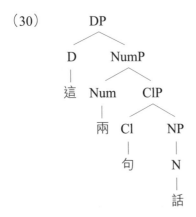

句的形成

　　合併把兩個成分組合起來，組成短語。這種短語，有兩個成分，一個是中心語，一個是補足語。假如再有第三個成分加入短語，短語結構理論是允許的。以"X"和"Y"為例，合併把他們組合起來。假設"X"是最重要的成分，以"X"為核心，合併後的結構也因而以"X"命名。在樹形圖的頂端，標籤為"X"。這是第一步。

（31）

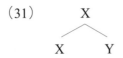

除"X"和"Y"外,還有第三個成分"Z"。合併把"Z"和新組合的"X"組合起來。假如"X"維持核心的地位,合併後的結構也以"X"命名,標籤為"X",如(32)。為方便討論,第一次跟"X"合併的"Y"稱為補足語,第二次跟"X"合併的"Z"稱為"指定語"(specifier)。(32)的"X",分別跟兩個不同的成分合併,一先一後。先合併的是補足語,後合併的是指定語。這是第二步。

(32)

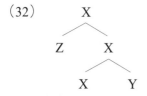

多加了"Z",呈現了三層的結構。為了避免混淆,方便討論,最高一層的"X"是短語,標籤為"XP";最低一層的"X"是中心語,維持為"X";至於中間的"X",處於不高不低的層次,寫作"X'",這個"'"符號稱為"槓"(bar),表示屬於中心語之上、短語之下的一個層次,夾於中心語和短語兩者之間,位於一個不高不低的層次。(32)改畫成(33)。這是第三步。

(33)

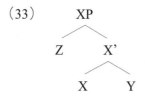

　　跟補足語的情況一樣,只有短語才能做指定語,詞是不能做指定語的。假如"Y"和"Z"都是詞的話,(33)必須重新畫成(34)。這個短語包含了三個成分:中心語"X"、指定語"ZP"、補足語"YP"。

(34)
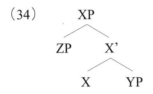

　　補足語的位置,按不同語言、不同詞類的決定,可左可右;但指定語的位置,一般都在左邊。樹形圖(34)的指定語在左邊,補足語在右邊;樹形圖(35)的指定語和補足語都在左邊。這兩種結構,短語結構理論都是允許的。

(35)
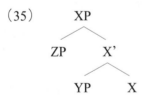

　　分別跟兩個成分合併的詞(如(34)、(35)的"X"),作用就好像是為這兩個成分建立關係(如(34)、(35)的"YP"和"ZP"),把這兩個成分融入同一個短語內,成為一個關係緊密的整體。漢語表示時間的助詞,就是通過這樣的結構,組成小句。

　　"句"分為小句和句子。小句以表達事件的主謂結構組成，再加上時間和句類。表示時間的助詞，如"了"，一方面表達完成時的意義，另一方面聯繫了主語和謂語，構成主謂關係，形成小句的第一層。

　　(36) 是由主謂結構組成的小句。"打折了腿"是述賓結構，"打折了"是附加式合成詞，"了"是黏附在述補式複合詞"打折"的後綴，整個"打折了"是一個動詞，置於"V"之下。(37) 的"打折了腿"，句法分析跟 (21) 的"吃完豆"是完全一樣的。這是第一步。

　　(36) 他打折了腿了　（《孔乙己》）

　　(37)

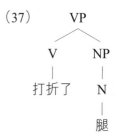

　　表示時間的助詞"了"加入，先跟這個已經完成的"VP"合併。表示時間的助詞以"T"為代表。合併後，以"T"作為核心，並以"T"命名。"VP"是"T"的補足語，考慮到"了"在句末，中心語"T"置於補足語之後，如 (38)。這是第二步。

（38）

　　"他"是"打折了腿"所陳述的對象，作為主語。"他"是
人稱代詞，跟指示代詞一樣，都有指稱的功能，統一用"D"
來代表。由於沒有補足語，"他"所形成的短語"DP"只有一
個成員。合併把"他"和已經組成結構的"打折了腿"組合在
一起，並以"T"為核心，用"T"命名，如（39）。這是第三步。

（39）

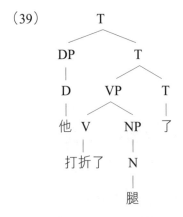

　　最高一層的"T"是短語，標籤為"TP"；最低一層的"T"
是中心語，維持為"T"；至於中間的"T"，處於不高不低的層

次，寫作"T'"。上述樹形圖（39）重寫如（40）。根據（40），主語"他"位於指定語，而謂語"打折了腿"位於補足語，"T"既表示時間意義，又能把主語和謂語聯繫起來，組合成為一個短語，形成小句的一部分。[4]

（40）

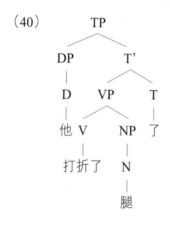

除了時間意義外，小句還表達句類。表達句類的成分較為"抽象"，通過句中不同方式顯示。跟句類相關的成分，用"C"來代表，作用是組成小句，有標示小句的功能。"C"跟"TP"合併，組成（41）的"CP"。"C"基本上是個無聲成分，可以借用"Ø"這個符號來表示"C"是無聲的。作為中心語的

4　嚴格來講，主語原本在"TP"之下的層次形成，後來才到了"TP"的指定語位置（Fukui and Speas 1986，Kuroda 1988，Koopman and Sportiche 1991，Huang 1993 等），而原本連接主語和謂語的詞，稱為"輕動詞"（light verb）（Chomsky 1995，Huang 1997 等），表達事件意義。由於這種分析牽涉較多理論假設，本書不作討論。有興趣的讀者，可參考鄧思穎（2010）的介紹。

"C"，置於補足語 "TP" 之前。[5] 兩者合併後，組成了小句。按照短語結構理論，小句其實也是一個短語，這個短語就是 "CP"。

（41）

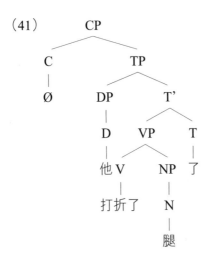

小句加上語氣，擴展成為句子，句子就是加上語氣的小句。語氣可以通過語調體現出來，也可以通過表示語氣的助詞體現出來。表示語氣的助詞，用 "F" 來代表。以（42）為例，當中的 "你知道" 是小句，首先組成（43）的 "CP"，當中的賓語被省略了，用 "e" 來代表。在文章中，這個被省略的賓語是指 "回字有四樣寫法"。雖然表面上沒有標示時間的助詞，

5 作為中心語的 "C" 也有可能在 "TP" 之後，跟語調有關（鄧思穎 2010）。這種分析需要較多論證，本書不作詳論。

但應該有一個指向語境的無聲成分，用"Ø"來代表，表示時間意義。"C"也是個無聲成分，用"Ø"表示。跟語氣相關的"麼"，用"F"表示，跟"CP"合併，以"F"作為"FP"的中心語，"CP"則作為"F"的補足語。考慮到表示語氣的助詞都在句末，"F"置於補足語之後比較合理。"FP"是句子，屬於結構完整的成分，可以單獨使用，成為根句。按照短語結構理論，句子也是一個短語，一個由表示語氣的助詞所組成的短語，這個短語就是"FP"。

（42）你知道麼？　（《孔乙己》）

（43）

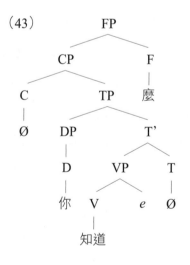

再考慮另一個例子。（44）的"我幹不了這事"是小句，作為"說"的賓語，是小句做賓語的例子，也稱為嵌套小句。

小句是"CP",沒有"FP"。"CP"直接跟動詞"説"合併,作為"V"的補足語,組成"VP"。這個例子的部分結構,用樹形圖(45)表示。為了方便突顯討論的重點,省略了不必要的細節,以大三角形來代替"CP"的內部結構。

(44)掌櫃又説**我幹不了這事** (《孔乙己》)

(45)

作為複句裏的從屬小句,也就是"偏"的部分,結構跟前文提及的小句基本一樣,都是"CP"。(46)的"因為他姓孔"是從屬小句,"因為"是連詞,擔當連接小句的角色。由於"因為"有標示小句的功能,分析為"C",跟"他姓孔"合併,組成"CP",如(47)所示。"TP"的內部結構從略,用大三角形來代表。

(46)**因為他姓孔**,別人便從描紅紙上的…… (《孔乙己》)

(47)

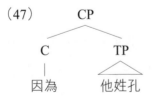

複句裏的主導小句，也就是"正"的部分，句法結構基本上也差不多。(48) 是複句，當中的"但總覺有些單調，有些無聊"是主導小句，"但"是連詞，有連接小句的角色，分析為"C"，跟"總覺有些單調，有些無聊"合併，組成"CP"，如 (49) 所示。"TP"的內部結構從略，用大三角形來表示。

(48) 雖然沒有甚麼失職，**但總覺有些單調，有些無聊**。
（《孔乙己》）

(49)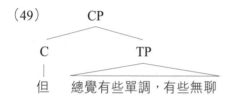

述補結構和聯合結構

述補結構的基本分析跟述賓結構差不多，補語跟賓語一樣，都作為動詞的補足語，跟動詞合併組成動詞短語。(50) 的"哭得太累"是述補結構，"哭得"是述語，"太累"是補語，這個補語屬於結果補語，即狀態補語的一個小類，部分的結構如 (51) 所示。"太累"是一個主謂結構，包含一個無聲主語，以"*e*"代表，指向前面的"你"。這個主謂結構組成一個不完整的小句"TP",相關細節,暫時從略,以大三角形代表。[6] "得"是一個後綴,黏附在"哭","哭得"組成附加式合成詞,置於動詞"V"之下。

(50) 也許你真是**哭得太累** (《也許》)

(51)

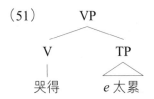

聯合結構通過連詞,把語法地位平等的成分連接起來。(52) 的"身子和心子",組成聯合結構。連詞"和"用"Co"來代表。"Co"首先跟"心子"合併,"心子"作為"Co"的補足語,之後再跟"身子"合併,"身子"作為指定語,組成(53) 的"CoP"。這個"CoP"一共有三個成分:中心語"Co"、補足語"心子"、指定語"身子"。這樣的組合,其實跟"TP"差不多,都是由中心語、補足語、指定語三部分組成的短語。不過,不同之處是"T"在補足語之後,而"Co"在補足語之前,詞序不一樣。

---

6   "TP"代表了一個不完整的小句,在述補結構裏扮演"次謂語"(secondary predicate)的角色(Huang 1988)。由於涉及較多複雜的考慮,相關細節不在此開展,暫時從略。

（52）不知自己的**身子和心子**擺在哪裏才好　（《敬業與樂
　　　業》）

（53）

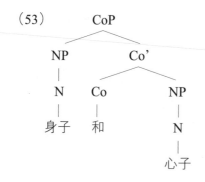

偏正結構和附接

　　偏正結構的修飾成分，起修飾的作用，提供了好像屬於
"額外"的信息，增加了被修飾成分的信息。由於所提供的信
息有點"額外"，似乎有一種"可有可無"的地位，即使把修飾
成分拿走，基本的意義也不會受到太大的影響。比較以下的
例子：

（54）輕輕的我走了，正如我輕輕的來；我輕輕的招手，作
　　　別西天的雲彩。　（《再別康橋》）

（55）我走了，如我來；我招手，作別雲彩。

（56）＊輕輕的，正輕輕的；輕輕的，西天的。

以（54）這個例子為例，把所有的定語和狀語都拿走了，如（55），雖然讀起來有點單調，但基本的意義不變。所剩下的，是主謂結構、述賓結構這些作為小句的核心結構。反過來，如果把被修飾的部分拿走，只剩下定語和狀語，如（56），那就不知所云，不能接受。小句的所謂基本意義，就是通過主謂結構所表達的事件意義，還有事件的參與者所構成。

修飾成分是在組成整個短語完成後，通過合併，加到已有的結構裏去的。這種方式，稱為"附接"（adjunction），通過附接形成的成分，則稱為"附接語"（adjunct）。以一個已經完成好的短語"XP"為例，如圖（57）所示。"XP"的內部結構跟此處討論無關，因此從略，以省略號代替。這是第一步。

（57）

有一個已經完成好的短語"YP"加進來，作為修飾"XP"之用。合併把這兩個成分組合起來。這是第二步。

（58）
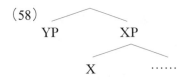

　　附接沒有改變原來的標籤，只是在結構之上多加一層，對原結構沒有改動。通過附接的方式所產生的結構，原來的標籤維持不變。合併後的新層次，仍然維持叫做"XP"。(59) 的"YP"是附接語，"X"是"XP"的中心語。這是第三步。做附接語的成分一定是短語，如 (59) 的"YP"。附接語不能是詞，只有短語才可以做附接語。

(59)

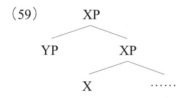

　　以 (54) 的"我輕輕的招手"為例，"輕輕的"用來修飾謂語"招手"。"招手"是述賓式複合詞，詞類屬於動詞，置於"V"之下，並組成 (60) 的"VP"。"輕輕"是形容詞通過重疊而成的形容詞短語"AP"。"的"雖然分析為助詞，但卻有較為特殊的性質。[7] 本書的做法，是把"的"附加在"輕輕"之後，作為"AP"的一部分，迴避不必要的細節和爭議。從語法關係來講，"輕輕的"跟"招手"構成偏正關係；從句法結構來講，

7　在目前句法學文獻裏，"的"的句法地位相當有爭議性。一説"的"能組成短語（Ning 1996，Simpson 2002，Sio 2006，司富珍 2004 等）；一説"的"欠缺句法地位，不能組成短語，跟其他詞類不同（鄧思穎 2006b，2010）。這個"的"，有可能純粹是一個音，本身沒有意義，只是語音層面的一個"填充項"(filler)。有關"的"各種句法問題的討論，請參考鄧思穎編 (2017) 的文章。

"AP"是附接語,附接在"VP"之上。

（60）

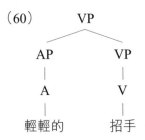

定語的分析也差不多,以(54)的"西天的雲彩"為例,"西天的"用來修飾"雲彩"。"雲彩"組成名詞短語"NP","西天的"所組成的"NP"通過合併,附接在"NP"之上。由於"雲彩"和"西天的"都組成"NP",為了避免混淆,在(61)裏,"雲彩"標籤為"N_1 / NP_1",而"西天的"標籤為"N_2 / NP_2",以資識別。這個"的"的分析方式,跟(60)的"輕輕的"是一樣的。

（61）

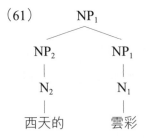

附接的方式,可以在同一個短語之上,反覆運用,形成有多個修飾語的現象。(62),就是在原來的"NP",疊加了兩個

附接語，分別是"亂蓬蓬的"和"花白的"，如（63）所示。

（62）亂蓬蓬的花白的鬍子 （《孔乙己》）

（63）

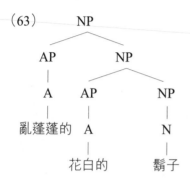

話題句的話題，句法地位跟狀語一樣，附接到小句。[8]（64）的"討飯一樣的人"是話題，附接到原本屬於"CP"的"也配考我"，作為"CP"的附接語。"也配考我"有個無聲主語"e"，指向話題。"CP"完成後，助詞"麼"加進來，跟"CP"合併，形成"FP"，如（65）的樹形圖所示，當中的細節從略。

（64）討飯一樣的人，也配考我麼？ （《孔乙己》）

---

8 漢語話題的句法分析，可參考徐烈炯、劉丹青（2007）的介紹。

（65）

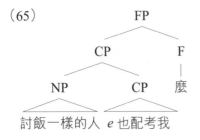

討飯一樣的人 *e* 也配考我

　　偏正複句的從屬小句，句法地位也差不多，附接到屬於
"CP"的主導小句。（66）是複句（即上文的（48）），當中的"雖
然沒有甚麼失職"是從屬小句。（67）的簡化樹形圖，描繪了
複句的部分結構。由於主導小句和從屬小句都是"CP"，為了
避免混淆，前者標籤為"CP$_1$"，後者標籤為"CP$_2$"，以資識別。

　　（66）雖然沒有甚麼失職，但總覺有些單調，有些無聊。
　　　　　（《孔乙己》）

（67）

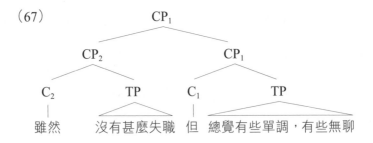

小結

短語結構理論所提供的分析方法，尤其是樹形圖，以形式化的方式，把句法結構清晰的、系統的展示出來。合併是一種形成短語的重要方法，通過合併，詞形成短語，產生出四種可能，可以通過樹形圖展示如下。

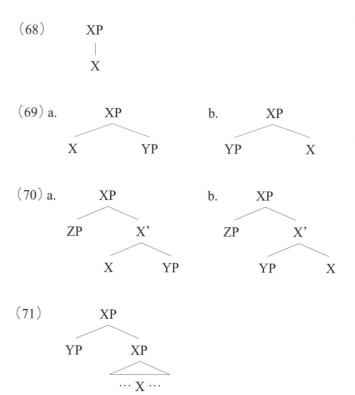

（68）　XP
　　　　│
　　　　X

（69）a.　　XP　　　　　　b.　　XP
　　　X　　　YP　　　　YP　　　X

（70）a.　　XP　　　　　　b.　　XP
　　ZP　　　X'　　　　ZP　　　X'
　　　　X　　YP　　　　　YP　　X

（71）　　XP
　　YP　　XP
　　　　… X …

本章所介紹的短語，有四種可能的組合：一、只由中心語組成的（68）；二、由中心語和補足語組成的（69），中心語既可以在前，如（69a），又可以在後，如（69b）；三、由中心語、補足語、指定語組成的（70），中心語既可以在前，如（70a），又可以在後，如（70b）；四、通過附接方式組成的（71）。雖然只有四種可能，但卻可以涵蓋所有句式和其他語法結構。

語言的創造能力，就是符合語言組合方式的規律，可以重複使用，呈現遞歸現象。合併就是組合規律之一，通過合併，詞形成短語，短語跟短語也可以組合成更大更複雜的結構。規律的重複使用，是語言遞歸之源，創造能力之本。

本章所介紹的是短語結構理論的基本原理和一些簡單的操作和原則。先從五種基本結構（主謂結構、述賓結構、述補結構、偏正結構、聯合結構）、小句、句子等入手，解說合併的道理。五種基本結構和各種的句法現象，原則上都跳不出（68）至（71）這四種短語結構。漢語語法的複雜現象，全由（68）至（71）這四種短語結構產生。句法學的特點，是能通過有限的規律（包括上述四種短語結構），描述和解釋無數的例子，有舉一反三之效。合併的重複使用，搭配不同的詞類，加入種種的句法操作，就能產生出各式各樣的例子，形成語言豐富的一面，這正是短語結構理論的優點，也是人類語言奇妙之處。

本章所介紹的分析，絕非句法學文獻的定論，其實仍有很多斟酌之處，值得研究。不過，讀者可以此作為理論基礎，帶着問題，由此出發，對本章的分析提出質疑，繼續探索漢語語法的特點，發現更多意想不到的事實。對生成語法學感興趣的讀者，可延伸閱讀影響力較廣的語言學、句法學教科書、參考書，如 Fromkin, Rodman, and Hyams（2014）所編的語言學教科書，Larson（2010）對生成語法學由淺入深的介紹，Haegeman（1994）、Radford（2004）、Carnie（2013）等暢銷的句法學導論，Huang, Li, and Li（2009）以生成語法學描述漢語句法的論著，還有介紹生成語法學的中文專書，如系統介紹"管轄與約束理論"（government and binding theory）的徐烈炯（2009）、介紹生成語法學歷史沿革的石定栩（2002）。在本書所描繪的短語結構理論基礎之上，可以繼續閱讀鄧思穎（2010）有關短語結構理論的"進階版"，分析其他結構和更複雜的例子。

第八章

漢英語法比較

　　短語結構理論以清晰的方式把漢語和英語的語法異同展示出來。這兩種語言的主謂結構、述賓結構、聯合結構的句法結構基本相同。偏正結構的詞序有差異，漢語的附接語一律在左，英語的附接語卻可左可右。英語雖然沒有特定的述補結構，但也可通過動詞的補足語表示動作的結果。疑問句的差異由移位所造成。連謂句可歸併入五種基本結構當中，欠缺獨立地位。

短語結構理論

　　漢語和英語是來自不同語系的語言，無論是歷史、地理、人口、文化等層面，都毫無相關。這兩種語言，本應相距甚遠。然而，他們卻擁有不少相同的語法特點，並非如一般人所認為是風馬牛不相及。漢語和英語的異同，尤其是在句法結構方面的特點，可以更好地以短語結構理論的樹形圖反映出來。憑藉一個比較客觀和科學的工具，為跨語言語法研究提供了便利，容易解說語言差異的問題，認識人類語言的本質。

　　本章主要通過短語結構理論的樹形圖，討論主謂結構、述賓結構、聯合結構、偏正結構等基本結構在漢語和英語的異同，尤其是詞序的問題，並兼論述補結構和連謂句的句法問題。本章所選用的英語例子，主要摘錄自楊憲益、戴乃迭兩位所翻譯的《孔乙己》（Yang and Yang 1963），方便跟《孔乙己》原文作比較，以此說明漢語和英語的語法異同。

述賓結構、主謂結構、小句

　　英語小句的基本組織，跟漢語一樣，都是由主謂結構作為核心。如果有賓語的話，述語在前，賓語在後，跟漢語述賓結構的詞序是相同的。英語負責聯繫主語和謂語的詞，也是表達時間的成分。漢語和英語小句的基本結構，沒有太大的差別。

英語例子（1）的"I'll test you"，用來翻譯原文"我便考你一考"，當中的"'ll"是助動詞"will"的簡寫，讀音上跟"I"合在一起，語法上仍然按"will"作為分析。"test"跟"you"組成述賓結構，"test"是述語，"you"是賓語。按詞類來説，"test"是動詞，用"V"代表，"you"是人稱代詞，用"D"代表。"D"組成"DP"，這個"DP"跟"V"合併，組成動詞短語"VP"，如（2）所示。這是第一步。

（1）I'll test you. （Yang and Yang 1963：42）

（2）

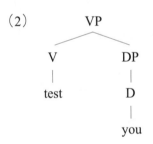

"T"是表示時間的成分，也包括跟時間相關的助動詞，如"will"。"T"的作用，就是負責聯繫主語和謂語，構成小句的核心部分。"T"首先跟"VP"合併，"VP"作為"T"的補足語；之後"T"跟主語"I"合併，"I"作為指定語，組成（3）的"TP"。這是第二步。雖然這個例子在發音的層面讀作"I'll"， "will"跟"I"合在一起，但這是發音的問題，跟句法無關。在句法結構裏，"I"和"will"分別佔據兩個不同的位置。

(3)

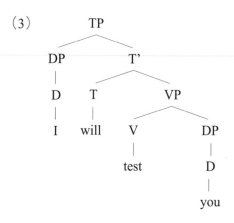

　　合併把負責標記小句的"C"和"TP"組合起來，組成 (4) 的"CP"，成為小句。這裏的"C"，是一個無聲成分，負責表示句類，用"Ø"來代表。這是第三步。這個結構基本上也能套用到漢語原文的"我便考你一考"："我"是主語，位於"TP"的指定語；"考你"是述賓結構，組成"VP"。這樣的結構，跟下圖的核心部分是一樣的。"便"是狀語，而"一考"是準賓語，是下圖所欠缺的。[1] 至於英語有沒有最高的"FP"，則留待稍後討論。

1　"考你一考"屬於雙賓句。自 Larson（1988）的經典分析以來，文獻普遍認為雙賓句有雙層的動詞短語結構。由於牽涉到的理論假設較多，本書對此不作分析。有興趣的讀者，可參考鄧思穎（2003，2010）的討論。

（4）

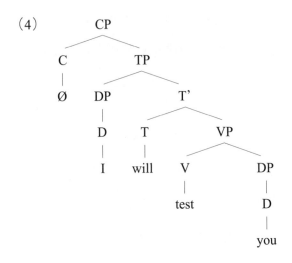

　　作為嵌套小句的"CP"，"C"不一定是無聲成分，可體現
為一般稱為連詞的"that"。（5）的"that his hands were covered
with mud"是"saw"的賓語，是一個以小句做賓語的例子，
"that"的作用就是用來標示嵌套小句。"I"是小句的主語，跟
"saw that his hands were covered with mud"組成主謂結構。至
於"As he did so"這個部分，是從屬小句，跟主導小句"I saw
that his hands were covered with mud"組成複句。（5）的嵌套
小句句法結構跟上述（4）的小句結構差不多，不同之處在於
（4）的"C"是無聲成分，而（5）的"C"體現為"that"。中心語
為"that"的"CP"小句跟"saw"合併，作為"V"的補足語，
組成（6）的"VP"。至於"his hands were covered with mud"的
內部結構，暫時從略，用大三角形代替。

（5）　As he did so I saw **that his hands were covered with mud**…　（Yang and Yang：44）

（6）

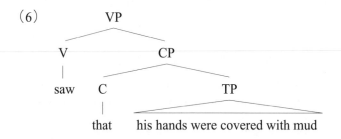

以上的（5）是用來翻譯（7）的"見他滿手是泥"。從樹形圖（8）所示，漢語和英語小句基本的結構是一樣的：嵌套小句"CP"作為"V"的補足語，兩者組成"VP"。不過，不同之處是漢語這裏的"C"是無聲的。

（7）　見他滿手是泥　（《孔乙己》）

（8）

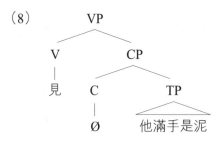

英語嵌套小句的"C"，隨着不同的句類，也會體現為不同的連詞。陳述句的"C"用"that"，表示疑問的是非問句

用"whether" 或"if"。(9) 的"if there were any water at the bottom of the wine pot",作為"see"的賓語。此處用"if"而不是"that",就是說明這個嵌套小句屬於是非問句或反覆問句。(10) 的句法結構跟 (6) 是一樣的,唯一的不同是"C"由"that"換成"if",表示了不同的句類。

(9)… looking to see **if there were any water at the bottom of the wine pot**…（Yang and Yang 1963：39）

(10)
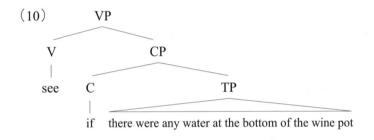

以上的 (9) 是用來翻譯 (11),漢語和英語的句法結構基本上是一致的,即表示疑問的嵌套小句"CP"跟"V"合併,組成 (12) 的"VP"。"壺子底裏有水沒有"屬於反覆問句,通過把否定詞置於句末而成,又稱為"VP Neg"問句。當中的"沒有"其實是"沒有水"的省略,原本是"壺子底裏有水沒有水","有水"和"沒有水"組成表達一種選擇關係的聯合結構(鄧思穎 2016,又見 Wang 1967,Huang 1991,Hsieh 2001),由兩個動詞短語"VP"組成聯合結構。

（11） 看過壺子底裏有水沒有　（《孔乙己》）

（12）

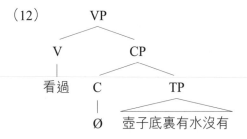

英語的嵌套小句也允許無聲成分。（13） 的 "I was not suited for this work" 是嵌套小句，作為 "decided" 的賓語，形成 （14），當中的 "C" 就是一個無聲成分。

（13） So after a few days my employer decided **I was not suited for this work**. （Yang and Yang 1963：39）

（14）

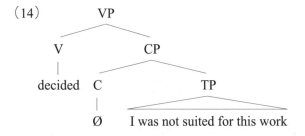

（13） 的英語例子用來翻譯（15），當中的"我幹不了這事"是嵌套小句，作為 "說" 的賓語。（14） 和 （16） 的句法結構其實是一樣的。

（15）掌櫃又説**我幹不了這事**　（《孔乙己》）

（16）

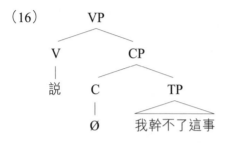

漢語的"C"不一定全都是無聲的。用於從屬小句的連詞，如（17）的"雖然"，作用就是標示"沒有甚麼失職"為從屬小句，組成複句。

（17）**雖然沒有甚麼失職**，但總覺有些單調，有些無聊。

（《孔乙己》）

（18）

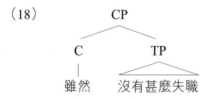

（19）是英語的翻譯，結構跟（17）的原文是一樣的："although"是連詞，標示"I gave satisfaction at this work"為從屬小句，並跟"I gave satisfaction at this work"組成（20）的"CP"。由此可見，在小句的層面，漢語和英語的句法結構是一樣的，而相似之處比較多。

（19）**Although I gave satisfaction at this work**, I found it monotonous and futile. （Yang and Yang 1963：40）

（20）

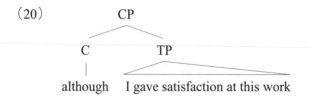

　　漢語的句末助詞，比較豐富，表達了多種多樣的語氣。在"CP"之上，助詞組成了表示語氣的"FP"。就這個現象而言，英語顯得比較貧乏。不過，英語的句末也不是完全沒有任何成分。(21) 是陳述句，來自加拿大英語，句末的"eh"配合上升語調"╱"，説話人打算跟聽話人確認是否已知小句所表達的內容（Heim et al 2016）。這個"eh"，表達了語氣，也有一定的語用效果。

（21）I have a new dog, **eh** ╱

　　用於疑問句（22）的"huh"，説話人已有一個預設的立場，通過"huh"，希望得到對方的認同。以下的例子來自 *Cambridge Dictionary*。

（22）I'll bet you wish you hadn't done that, **huh**?

　　英語的"eh"和"huh"都在句末，表達了特定的語氣，跟

漢語的句末助詞有相似的功能。也有一說，把英語這些句末成
分分析為表示語氣的"F"，跟"CP"組成 (23) 的"FP"，位於
"CP"之上。按照這樣的分析，英語跟漢語一樣，都有表示語
氣的"F"，並以"FP"作為根句。

（23）

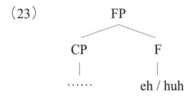

　　漢語和英語都可以通過提升語調來形成是非問句，在書寫
上體現為問號" ? "。如：

（24）取笑？ 　（《孔乙己》）

（25）Joke? 　（Yang and Yang 1963：44）

　　例子 (24) 和 (25)，如果不提升語調，就跟陳述句無異。
這個能形成是非問句的上升語調，有一定的形式（語調），也
有一定的意義（表示疑問），符合語素的基本定義，算是語法
最小、有意義的而且具備形式的語言成分，甚至成為一個詞，
有獨立的語法地位（鄧思穎 2006a，2010，Wakefield 2011，L.
Zhang 2014 等）。

　　表示不肯定的語氣，在漢語也可以體現為助詞，位於句
末。如：

（26）不能寫罷？　（《孔乙己》）

（27）You can't write it?　（Yang and Yang 1963：42）

（26）的"罷"，一般也寫作"吧"，就是表示不肯定語氣的助詞，有揣測之意。（27）是英語的翻譯，用了上升語調來對應"罷"的功能。假如這兩個例子是對等的話，他們應有相同的句法結構。表示不肯定語氣的成分跟"CP"合併，組成（28）的"FP"。這個疑問語氣的成分，可以顯示為"罷"，也可以顯示為上升語調，以"／"來表示。（26）的"罷"和（27）的"／"都是"F"，表示不肯定語氣，是根句"FP"的中心語。

（28）

主謂結構在漢語和英語基本一樣，不過，漢語允許形容詞直接組成謂語，不必有動詞，跟英語不一樣。比較以下的例子：

（29）樣子太傻　（《孔乙己》）

（30）他身材很高大　（《孔乙己》）

（31）I looked too foolish...　（Yang and Yang 1963：39）

（32）He was a big man　（Yang and Yang 1963：40）

（29）的"太傻"是由形容詞組成的謂語，陳述主語"樣子"；（30）的"很高大"也是由形容詞組成的謂語，陳述主語"（他）身材"。這兩個例子都沒有動詞。（31）和（32）分別是這兩個例子的英語翻譯，動詞"looked"和"was"都補上了。英語的主謂結構不能缺少動詞，這是漢語和英語語法差異之處。[2]

總的來說，漢語和英語都應有相同的句法結構層次，根句由"FP"組成，跟語氣有關。小句由"CP"組成，表達了句類。主謂結構由"TP"組成，跟時間有關。主語在"TP"的指定語位置，而謂語在"T"的補足語位置。如果有賓語的話，賓語是"V"的補足語，位於中心語之後。這兩種語言的基本結構是一樣的。

聯合結構

英語的聯合結構，跟漢語一樣，把語法地位平等的成分通過連詞連接起來。漢語的"或者"、"或"、英語的"or"都是表示選擇關係的連詞，擁有相同的句法結構。比較以下的例子：

---

2 有一種分析，就是把漢語的形容詞併入動詞，作為動詞的一個小類（Chao 1968，Li and Thompson 1981，屈承熹、紀宗仁 2005，鄧思穎 2010 等）。如果這樣，所謂形容詞短語做謂語其實就是動詞短語做謂語，不存在所謂"形容詞謂語句"，那就跟英語沒有差異。

（33）便可以買一碟**鹽煮筍，或者茴香豆** （《孔乙己》）

（34）Another copper will buy a plate of **salted bamboo shoots or peas flavoured with aniseed** （Yang and Yang 1963：39）

（33）的"或者"連接了"鹽煮筍"和"茴香豆"，[3] 用"Co"代表連詞。"Co"首先跟"茴香豆"合併，"茴香豆"作為"Co"的補足語，之後再跟"鹽煮筍"合併，"鹽煮筍"作為指定語，組成連詞短語"CoP"。（34）是英語的翻譯，當中"or"的作用，跟"或者"一樣，負責連接"salted bamboo shoots"和"peas flavoured with anisced"這兩部分，組成"CoP"。（35）和（36）的兩個"CoP"結構是一模一樣的。

（35）

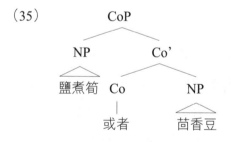

3　（33）的"一碟"，意義涵蓋"鹽煮筍"和"茴香豆"，量詞"碟"應跟"CoP"合併，組成量詞短語"CIP"。（34）的"a plate of"，當中的"of"是介詞，跟"CoP"合併，組成介詞短語"PP"，這個"PP"跟名詞"plate"合併，組成"NP"。有關細節從略，可參考本章（68）所討論的樹形圖。

（36）

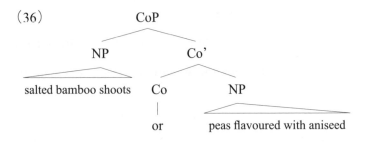

由體詞類短語組成、表示並列關係的聯合結構，英語的連詞"and"不能缺少，但漢語卻不一定要用"和"。如：

（37）坐不到幾天，便連人和書籍紙張筆硯，一齊失蹤。（《孔乙己》）

（38）So after a few days he would invariably disappear, taking books, paper, brushes and inkstone with him. （Yang and Yang 1963：41）

（37）的"和"連接了"人"和"書籍紙張筆硯"兩個部分。"和"在這裏的用法，也有連帶的意思，英語的翻譯用了"with"來表示。至於"書籍紙張筆硯"，顯然是聯合結構，但"書籍"、"紙張"、"筆"、"硯"四個部分都通過無聲的連詞連接着，加了"和"反而不自然，"書籍、紙張、筆和硯"不太符合漢語的習慣，而在（38）的英語翻譯裏，"books, paper, brushes and inkstone"當中的"and"卻不能省。再比較以下的例子：

（39）只有穿長衫的，才踱進店面隔壁的房子裏，**要酒要菜**（《孔乙己》））

（40）但總覺**有些單調，有些無聊**（《孔乙己》）

（41）Only those in long gowns enter the adjacent room to order **wine and dishes**（Yang and Yang 1963：39）

（42）I found it **monotonous and futile**（Yang and Yang 1963：40）

（39）的"要酒要菜"和（40）的"有些單調，有些無聊"，由謂詞類短語組成聯合結構，都不用"和"。（41）和（42）分別是這兩個例子的英語翻譯，（41）的"and"連接兩個體詞類短語（名詞短語），而（42）的"and"連接兩個謂詞類短語（形容詞短語）。（42）的結構如（43）的樹形圖所示。（40）雖然沒有"和"，但仍然是聯合結構，通過一個無聲的連詞組成，如（44）所示，當中的"有些"是副詞，用作修飾形容詞短語的狀語。除"Co"是有聲還是無聲的差異外，（43）和（44）的結構是一樣的。

（43）

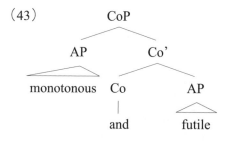

（44）

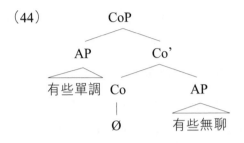

　　漢語和英語都有聯合結構，而且句法結構是一模一樣的，都由"CoP"組成，中心語就是連詞"Co"。不過，主要的區別，就是漢語表示並列關係的連詞，往往是無聲的，尤其是連接謂詞類短語的連詞，更甚少用"和"，跟英語的"and"不一樣。[4] 這是這兩個語言聯合結構句法的大同小異之處。

偏正結構

　　漢語和英語的偏正結構，有同有異。修飾成分在左邊的例子，漢語和英語的結構基本上是一樣的。比較以下兩例：

（45）一個曲尺形的大櫃台　（《孔乙己》）

4　有關漢語聯合結構的語法特點和各種限制，可參考劉丹青（2008）的討論。至於聯合結構的句法分析，可參考 Munn（1987）、Zoerner（1995）、Johannessen（1998）、Vries（2006）、N. Zhang（2009）等的討論。

（46）a right-angled counter　（Yang and Yang 1963：39）

（46）的"a right-angled counter"用來翻譯（45）的"一個曲尺形的大櫃台"，"right-angled"是形容詞，組成形容詞短語"AP"，這個"AP"以附接的方式，加到由"counter"組成的"NP"之上，並在左邊出現，如（47）所示，形成"偏＋正"詞序的偏正結構。雖然"曲尺形"是名詞，不是形容詞，但附接的方式是一樣的。由於"曲尺形的"和"大櫃台"都組成"NP"，為了避免混淆，在樹形圖（48）裏，作為中心語的"大櫃台"標籤為"N_1 / NP_1"，而附接語的"曲尺形的"標籤為"N_2 / NP_2"，以資識別。

（47）

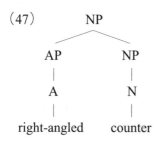

（48）

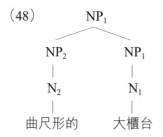

英語的附接語，也可以疊加到被修飾的短語之上。如：

（49）a large, unkempt beard （Yang and Yang 1963：40）

(49) 用來翻譯"一部亂蓬蓬的花白的鬍子"，跟原文一樣，"large"和"unkempt"可以疊加到被修飾的"beard"之上，並在左邊出現，形成有兩個附接語的偏正結構，如（50）所示。就這一點而言，漢語和英語沒有差異。

（50）

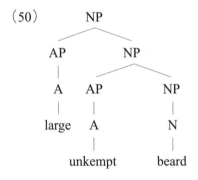

英語有些修飾成分，卻在被修飾成分的右邊出現。如：

（51）children in the neighborhood （Yang and Yang 1963：42）

(51) 的"in the neighborhood"組成介詞短語"PP"，用來修飾"children"，樹形圖（52）顯示了他們的關係。雖然（52）的"PP"附接到"children"之上，但卻置於"children"的右邊，形成"正＋偏"的詞序，而不是"偏＋正"的詞序。這個例子用來翻譯"鄰舍孩子"，跟原文的定語"鄰舍"在"孩子"
的左邊不一樣。偏正結構"偏＋正"、"正＋偏"詞序的差異，
造成漢語和英語語法差異之處。

（52）

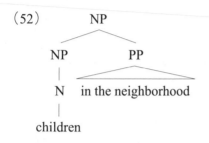

修飾名詞短語的關係小句，在漢語和英語的位置也不一
樣。如：

（53）scars that often showed among the wrinkles of his
　　　face　（Yang and Yang 1963：40）

（53）的"that often showed among the wrinkles of his face"是
關係小句，在被修飾的名詞短語"scars"的右邊。英語的關係
小句是"CP"，以"that"作為"CP"的中心語。這個"CP"，附
接到"NP"的右邊，形成"正＋偏"的詞序，如（54）所示。（53）
用來翻譯"皺紋間時常夾些傷痕"，不過原文並非用關係小句組
成的名詞短語，而是主謂結構，以"皺紋間"為主語，以"時常
夾些傷痕"為謂語。嚴格來講，不能直接跟（53）相比。假若把
原文改動為名詞短語，方便跟（53）對應的話，可以改成"時常

夾些傷痕的皺紋",當中的"時常夾些傷痕的"是關係小句,作為定語,在"皺紋"的左邊出現,形成"偏＋正"的詞序。

（54）

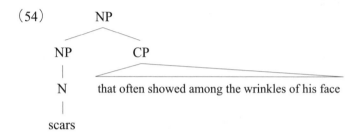

在英語裏,副詞組成的狀語,既可以在被修飾成分的左邊出現,又可以在右邊出現。比較以下兩例:

（55）So after a few days he would invariably disappear （Yang and Yang 1963：41）

（56）he said very earnestly （Yang and Yang 1963：42）

（55）的副詞"invariably"用來修飾"disappear",形成"偏＋正"的詞序,而（56）的"very earnestly"在被修飾的"said"的右邊,形成"正＋偏"的詞序。[5] 以（56）為例,"very earnestly"組成副詞短語"AdvP",以附接的方式,加到"VP"之上,在"VP"的右邊出現,如（57）所示。

---

5 （56）的"very earnestly"由"very"和"earnestly"組成,前者修飾後者,組成"偏＋正"的偏正結構。

（57）

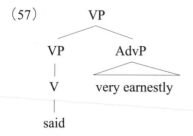

漢語只能接受一種的詞序，那就是狀語在左，形成"偏＋正"詞序。如：

（58）很懇切的説道　（《孔乙己》）

（56）是用來翻譯（58）的"很懇切的説道"。"很懇切"是由形容詞"懇切"組成的形容詞短語，作為狀語，附接到動詞短語"VP"，修飾"説道"，如（59）所示，跟英語翻譯的"正＋偏"詞序不同。

（59）

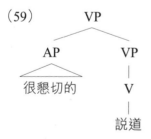

至於英語其他類型的狀語，如介詞短語，則只能在被修飾的成分的右邊。如：

（60）The day before yesterday I **saw you with my own eyes**
being hung up and beaten for stealing books from the Ho
family! （Yang and Yang 1963：40）

（60）的"with my own eyes"用來修飾"saw you"，形成"正
＋偏"的詞序。[6]狀語"with my own eyes"組成"PP"，附接到
"VP"的右邊，如（61）所示。（60）用來翻譯"我前天親眼見
你偷了何家的書"，原文的"親眼"是修飾"看見"的狀語，形
成"偏＋正"的詞序。這是漢語和英語偏正結構的一個顯著差
異之處。

（61）

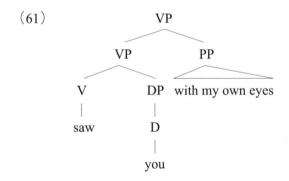

6　（60）的後半部的"being hung up and beaten for stealing books from the Ho
family"用來補充"you"，並非"saw you"的狀語。

量詞

無論是可數名詞還是不可數名詞，漢語都需要量詞，數詞才可以加進來。比較以下兩例：

（62）將**兩個指頭的長指甲**敲着櫃台 （《孔乙己》）

（63）… and tapped **two long fingernails** on the counter. （Yang and Yang 1963：42）

（62）的"兩個"應該指"指頭"。無論是"指頭"還是"長指甲"，都是可數名詞，數詞"兩"後面的量詞"個"是不能省略的。（63）的"fingernails"是可數名詞，跟數詞"two"一起，不必有量詞，數詞"two"可以直接跟名詞短語合併，如樹形圖（64）所示。

（64）

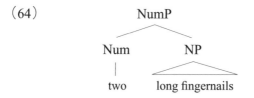

再比較以下的例子：

（65）溫**兩碗酒** （《孔乙己》）

（66）Kung would come to the counter to order **two bowls of heated wine**… （Yang and Yang 1963：40）

（65）的"酒"是不可數名詞，"兩"之後的量詞"碗"是不能省的。"碗"跟"酒"組成"ClP"，而"兩"跟"ClP"組成"NumP"，如（67）所示。（66）的"heated wine"的"wine"也是不可數名詞，不能直接跟數詞一起，當中的"bowls"是不能缺少的。嚴格來講，"bowls"不叫量詞。由於"bowls"仍具備名詞的特點，屬於名詞。至於後面的"of heated wine"，屬於介詞短語"PP"。這個"PP"跟名詞"N"合併，組成"NP"，作為"N"的補足語，如（68）所示。"兩碗酒"和"two bowls of heated wine"表面相似，好像在數詞和不可數名詞之間，都加了一個成分。不過，"碗"是量詞，組成"ClP"；"bowls"是名詞，組成"NP"，兩者的句法結構是不一樣的。

（67）

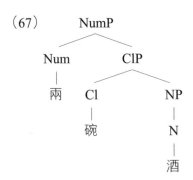

（68）

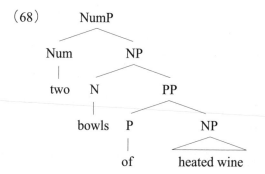

英語表示有定意義，即對聽話人來講，是早已知道的、能辨認的事物，屬於舊信息，多數用有定冠詞（article）"the"、指示代詞"this、that"等方式。如：

（69）But most of **these customers** belong to **the short-coated class**... （Yang and Yang 1963：39）

（69）的"the short-coated class"和"these customers"表示了有定意義，分別用了"the"和"these"。冠詞和指示代詞都屬於同一個類別"D"，佔據相同的句法位置，跟"NP"合併，組成"DP"（Abney 1987），如（70）所示。

（70）

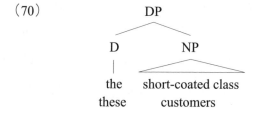

上述例子（69）是用來翻譯（71）：

（71）但**這些顧客**，多是**短衣幫** （《孔乙己》）

原文"這些顧客"除了量詞"些"的出現外，基本的句法結構跟"these customers"有相似之處："這"和"these"都在"D"的位置。漢語雖然缺乏冠詞，但可以通過光桿名詞表示有定意義（Y. - H. A. Li 1998，Cheng and Sybesma 1999 等），如"短衣幫"指向特定的一類人，表達了一個有定的類別。這是漢語和英語差異之處。

至於無定意義，即表示不確定的事物，對聽話人來講，那個不確定的事物，是初次在語境聽到的，屬於新信息，漢語和英語的表達方式都不一樣。比較以下兩例：

（72）掌櫃是**一副兇臉孔** （《孔乙己》）

（73）Our employer was **a fierce-looking individual** （Yang and Yang 1963：40）

漢語可通過數詞來表示無定意義，如（72）的"一副兇臉孔"，組成"NumP"，如（74）的樹形圖。英語的無定冠詞"a"，專門用來表示無定意義，如（73）的"a fierce-looking individual"。跟有定冠詞"the"的句法位置一樣，"a"位於"D"，跟"NP"組成"DP"，如（75）所示。這也是漢語和英語不同之處。

（74）

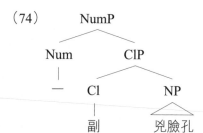

（75）

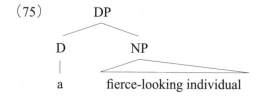

疑問句

漢語和英語都有疑問句，但最明顯的差異，就是體現在詞序的不同，如以特指問句為例：

（76）你會看見誰？

（77）Who will you see?

賓語是疑問代詞的話，如（76）的疑問代詞"誰"，漢語的詞序維持不變；(77) 的疑問代詞"who"，原本是"see"的賓語，卻到了句首，而助動詞"will"本應在主語之後，卻到了主語之前，這是漢語和英語詞序最明顯的差異。

形成英語疑問句這種現象，產生的方式，稱為"移位"。英語通過移位，助動詞和疑問代詞都到了主語之前的句首位置。以 (78) 為例，主語之上的"CP"剛好提供兩個合適的位置，分別安置這兩個移位而來的成分："C"安置助動詞、"CP"的指定語安置疑問代詞，形成"who will you see"這樣的詞序。助動詞和疑問代詞通過移位，離開原來的地方，即"T"和"V"的補足語，並在原來的地方，留下了一個"語跡"（trace），用"t"代表，作為他們移位後的印記。語跡旁的下標斜體"$_i$"和"$_j$"稱為"標引"（index）。為語跡加上標引，用意是跟已移位的成分"will"和"who"，表示它們的關係。有相同標引的"$will_i$… t_i"，說明語跡"t_i"是"$will_i$"所留下來的，而"who_j… t_j"的作用也相同：語跡"t_j"是"who_j"所留下來的，這是句法學通用的表達方式。為了令這個樹形圖較為簡潔，"who"和"you"的標籤和內部結構從略。

（78）

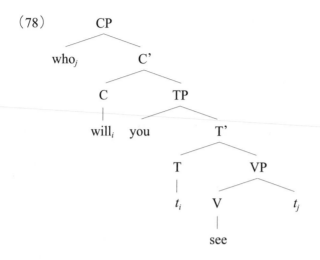

　　在英語裏，除了賓語的疑問代詞外，作為狀語的疑問代
詞，也會進行移位。如：

（79）How do you write the character *hui* in *hui-hsiang* peas?
　　　（Yang and Yang 1963：42）

　　（79）的疑問代詞"how"，原本以附接的方式，加到"VP"
的右邊，處於句末；進行移位後，到了"CP"的指定語，處於
句首，如（80）所示。助動詞"do"原本在"T"的位置，經過
移位後，到了"C"，處於主語之前，形成了"how do you..."
的詞序。

（80）

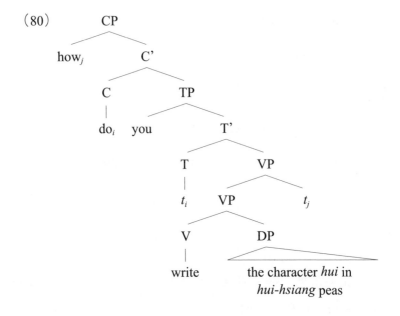

上述（79）這個英語例子是用來翻譯（81），原文的疑問代詞"怎樣"，位於狀語原本的位置，沒有移位，留在原來的位置。

（81）茴香豆的茴字，怎樣寫的？ （《孔乙己》）

英語的疑問代詞在嵌套小句也進行移位。如：

（82）He wondered who you will see.

（82）的"who you will see"是用於嵌套小句的特指問句，作為"wondered"的賓語。跟根句的情況差不多，疑問代詞"who"從原來的賓語進行移位，到了主語之前，即嵌套小句

"CP"的指定語位置。唯一不同之處，是助動詞"will"沒有進行移位，留在原來"T"的位置，如（83）所示。英語助動詞移位與否的現象，是區別根句和嵌套小句的一個特徵。

（83）

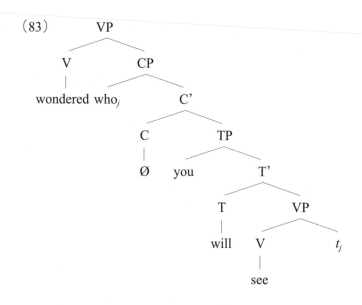

漢語的特指問句，無論是根句還是嵌套小句，疑問代詞都不會進行移位。（84）的"你會看見誰"是嵌套小句，作為"想知道"的賓語。跟根句的情況一樣，"誰"不會進行移位。

（84）他想知道你會看見誰。

形成是非問句，除了以上升語調表示外，漢語和英語還會採用不同的方式。比較以下兩例：

（85）你知道麼？　（《孔乙己》）

（86）Do you know them?　（Yang and Yang 1963：42）

　　漢語可通過（85）的句末助詞"嗎"（或寫作"麼"），形成是非問句。英語則通過助動詞移位，(86) 是英語的翻譯，就是一句以移位產生的是非問句，當中的"do"是助動詞，從"T"移到"C"，跨越了主語"you"，形成是非問句，如（87）所示。

（87）

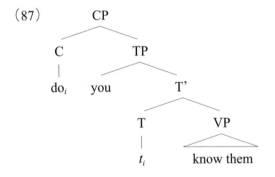

　　疑問詞移位的現象，是句法學研究多年來十分關注的課題，尤其自 Huang(1982) 對漢語和英語疑問句的比較研究以來，疑問詞移位是句法學的重點研究對象。通過疑問句詞序的跨語言比較，發現了不少新的現象，不僅加深了對句法結構的認識，也對人類語言的精密組織，有新的體會。有關生成語法學漢語疑問句研究的介紹，可參考 Huang(1994)、Huang, Li, and Li(2009)。

述補結構

五種基本結構當中，主謂結構、述賓結構、聯合結構的句法結構在漢語和英語裏都基本相同。主謂結構由"TP"組成；述賓結構由"VP"組成，通過"V"和賓語合併而成；聯合結構由"CoP"組成，連詞"Co"通過合併把不同的成分組織起來。至於偏正結構，漢語和英語有同有異。至於述補結構，英語不太容易找到直接對應的結構。

述補結構當中的結果補語，雖然英語沒有現成的結構可以直接對應，但也可以通過表示補充成分的小句表達相關的意思。比較以下的例子：

（88）接連便是難懂的話，甚麼"君子固窮"，甚麼"者乎"之類，引得眾人都哄笑起來：店內外充滿了快活的空氣。　（《孔乙己》）

（89）Then followed quotations from the classics, like "A gentleman keeps his integrity even in poverty," and a jumble of archaic expressions till everybody was roaring with laughter and the whole tavern was gay.　（Yang and Yang 1963：41）

（88）的"眾人都哄笑起來"是結果補語，跟"引得"組成述補結構。在英語的翻譯中，(89) 的 "till everybody was roaring with laughter" 表達了結果，當中的 "till" 是連詞，跟後面的 "everybody was roaring with laughter" 組成一個有補充作用的小句，在述賓結構 "followed quotations from... a jumble of archaic expressions" 之後出現，置於句末。

句法上，英語沒有特定的結果補語；詞法上，英語也欠缺述補式複合詞。(90) 的 "打折" 屬於述補式複合詞，(91) 的翻譯也用了一個由連詞 "until" 所組成的小句 "until his legs were broken" 來表示動作 "打" 的結果 —— 腿折了，置於句末。

（90）打了大半夜，再打折了腿。 （《孔乙己》）

（91）The beating lasted nearly all night, until his legs were broken. （Yang and Yang 1963：43）

至於述補結構的趨向補語，比較以下的例子：

（92）掌櫃也伸出頭去，一面説 （《孔乙己》）

（93）我溫了酒，端出去 （《孔乙己》）

（94）At this point my employer leaned over the counter and said... （Yang and Yang 1963：44）

（95）I warmed the wine, carried it over, ... （Yang and Yang 1963：44）

　　（92）的"去"、（93）的"出去"，表示趨向意義，置於述語之後。英語沒有現成的趨向補語，（94）和（95）分別是（92）和（93）的英語翻譯，剛好都用了"over"翻譯"去、出去"的意思。英語的"over"本來屬於介詞，有一種分析認為這種介詞，扮演謂語的角色，有補充動作行為的作用，置於句末（Kayne 1985，Guéron 1990，den Dikken 1995 等），[7] 跟漢語的趨向補語有點相似。

　　綜合這些狀態補語（結果補語）和趨向補語的例子，雖然英語沒有特定的所謂述補結構，但漢語和英語好像都把表示動作結果、趨向的成分，放在句末位置，起補充的作用。這個位置，可以理解為動詞"V"的補足語，跟動詞組成動詞短語"VP"，如（96）所示，應適用於漢語和英語。通過（96）這樣的結構，漢語和英語一些表面好像不相干的現象可以比較衡量，找到一些共通之處，甚至可以發現更多有意義的問題。

（96）

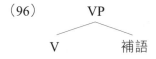

7　根據這種分析，英語有趨向意義的介詞組成一個"小小句"（small clause），扮演次謂語（secondary predicate）的角色，作為動詞的補足語。有一點跟漢語趨向補語相似的地方，就是這種介詞原則上可以在賓語的前後出現，為句法研究值得關注的現象。這種介詞又稱為"助詞"（particle），不過，跟本書所談的助詞，句法地位並不一樣。

按照（96）這樣分析，賓語和補語都佔據動詞的補足語，有相同的句法位置（重溫本章（2）的樹形圖）。賓語和補語到底要不要區分？要區分的話，怎樣區分？按照詞類劃分賓語和補語是一個可能：補語一定由謂詞組成，賓語可由體詞或謂詞組成（朱德熙 1982）。按照劃分動詞的標準，準賓語和補語都不能定義及物動詞，及物動詞只能帶所謂真賓語。如果這樣，準賓語和補語好像走在一起，為賓語和補語劃分的問題，帶來了衝擊。這些問題，一直是語法學研究的課題（Chao 1968，呂叔湘 1979，鄧思穎 2010 等）。通過短語結構理論，尤其是借助樹形圖的方便，使不同語言相似的現象可以擺在一起，容易比對，把我們的視野帶到跨語言的角度，開闊思路。

連謂句

連謂句是漢語的一種句式，由兩個謂詞成分組成。這兩個謂詞成分，都陳述相同的主語。有論著把連謂句稱為"連謂結構"，跟主謂結構、述賓結構、述補結構、偏正結構、聯合結構並列，當作漢語基本結構的一種（朱德熙 1982）。

嚴格來講，英語沒有連謂句。然而，就連謂句而言，漢語和英語應該有相似之處，沒有本質上的差異。比較以下兩例：

（97）我正合了眼坐着 （《孔乙己》）

（98）I was sitting with my eyes closed… （Yang and Yang 1963：
43）

（97）屬於連謂句，當中的"合了眼"表示"坐着"的方
式。按照這樣的理解，"合了眼"和"坐着"構成了偏正關係。
（98）是英語的翻譯，以介詞短語"with my eyes closed"修飾
"was sitting"，組成偏正結構，形成"正＋偏"的詞序。按照
偏正關係的理解，（97）的"合了眼"和（98）的"with my eyes
closed"都是狀語，分別修飾"坐着"和"was sitting"。這兩個
例子的部分結構，分別表述於（99）和（100）。由於"合了眼"
和"坐着"都組成"VP"，為免混淆，前者標籤為"VP_2"，後者
標籤為"VP_1"，以資識別。從這兩個樹形圖所見，（97）這個
所謂連謂句，應分析為偏正結構，以附接的方式產生，跟英語
的（98）差不多。

（99）

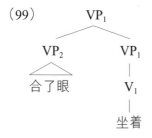

（100）

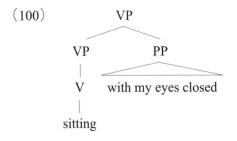

再考慮另一組例子：

（101）站起來向外一望 （《孔乙己》）

（102）I stood up and looked towards the door... （Yang and
　　　 Yang 1963：43）

　　（101）也算是連謂句。按照時間先後的順序，"站起來"發生在前，"向外一望"發生在後，兩者陳述相同的主語。（102）是英語的翻譯，"stood up"和"looked towards the door"陳述相同的主語，兩者通過連詞"and"連接起來，組成聯合結構。事實上，把"站起來"和"向外一望"所構成的關係理解為聯合關係也未嘗不可。按照這種理解，（101）應分析為聯合結構，跟（102）的結構是一樣的，當中的兩個謂詞成分通過"Co"組成"CoP"，如樹形圖（103）所示，唯一差異之處，是漢語的連詞是無聲的"Ø"，而英語的連詞是有聲的"and"。

（103）

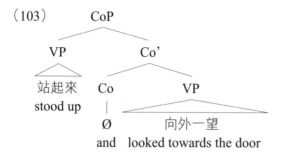

綜上所述，漢語的所謂連謂句，其實可納入那五種基本結構當中，如偏正結構、聯合結構等。不必也不應把連謂句獨立出來，當作基本結構之一。因此，連謂句作為獨立的結構，跟其他五種基本結構平起平坐，這個說法值得斟酌。維持五種基本結構的分析，已經足夠。[8]

小結

漢語和英語的語法，有同有異。通過短語結構理論的樹形圖，這兩種語言的異同，更容易反映出來。漢語和英語的述賓結構有相同的句法結構，由"VP"組成，通過"V"和賓語合併而成。主謂結構由"TP"組成，主語在"TP"的指定語

8　有關漢語連謂句的討論，可參考 Li and Thompson（1981）、Law（1996）、Paul（2008）、劉丹青（2015）等的討論。

位置,而謂語在"T"的補足語位置,兩種語言的層次結構一樣,只是詞序不同。小句由"CP"組成,跟句類有關。根句由"FP"組成,跟語氣有關,可體現為語調、助詞等成分。這兩種語言都應有"FP"這一個句法層次,作為句子最高的層次。漢語的助詞比英語豐富,是量的差異,不是質的差異。聯合結構由"CoP"組成,這兩種語言的句法結構是一樣的,只是漢語的連詞在不少語境裏都是無聲的。至於偏正結構,相同之處是以附接方式形成,差異之處是英語有些附接語在右邊、有些在左邊,但漢語的附接語一律在左邊。英語雖然沒有特定的述補結構,但跟漢語相似之處,就是通過動詞的補足語,表示動作的結果、趨向。大致上,這五種基本結構,漢語和英語都有相似甚至相同的特點。至於連謂句,通過這兩種語言的比較,可歸併入五種基本結構當中(如偏正結構、聯合結構等),不屬於獨立的結構。

雖然本章不能把漢語和英語所有的語法異同一一列舉,也不能作詳細的分析,但所提出的分析理論和方法,對比較語法的研究,希望能收舉一反三之效,不僅能以科學、客觀的方式觀察語言的異同,也能反過來對漢語語法本身的特點,加深認識。

參考文獻

蔡維天。2000。為甚麼問怎麼樣，怎麼樣問為甚麼。《漢學研究》第 1 期，頁 209-235。

蔡維天。2007。重溫"為甚麼問怎麼樣，怎麼樣問為甚麼"。《中國語文》第 3 期，頁 195-207。

鄧思穎。2003。《漢語方言語法的參數理論》。北京：北京大學出版社。

鄧思穎。2004。作格化和漢語被動句。《中國語文》第 4 期，頁 291-301。

鄧思穎。2006a。粵語疑問句"先"的句法特點。《中國語文》第 3 期，頁 225-232。

鄧思穎。2006b。以"的"為中心語的一些問題。《當代語言學》第 3 期，頁 205-212。

鄧思穎。2008a。漢語複合詞的論元結構。《語言教學與研究》第 4 期，頁 10-17。

鄧思穎。2008b。輕動詞在漢語句法和詞法上的地位。《現代中國語研究》第 10 期，頁 11-17。

鄧思穎。2009。怎麼用甚麼問為甚麼 —— 歷時和共時的研究。《語言學論叢》第 40 輯，頁 233-250。

鄧思穎。2010。《形式漢語句法學》。上海：上海教育出版社。

鄧思穎。2011。問原因的"怎麼"。《語言教學與研究》第 2 期，頁 43-47。

鄧思穎。2014。漢語複合詞的不對稱現象。《漢語學報》第 1 期，頁 69-77。

鄧思穎。2015。《粵語語法講義》。香港：商務印書館（香港）有限公司。

鄧思穎。2016。反覆問句的聯合結構分析。《現代外語》第 6 期，頁 742-750。

鄧思穎編。2017。《漢語"的"的研究》。北京：北京大學出版社。

丁聲樹等。1961。《現代漢語語法講話》。北京：商務印書館。

馮勝利。1997。"管約"理論與漢語的被動句。收錄於黃正德主編：《中國語言學論叢》第 1 輯。北京：北京語言文化大學出版社，頁 1-28。

郭　銳。2002。《現代漢語詞類研究》。北京：商務印書館。

胡明揚。1981。北京話的語氣助詞和歎詞。《中國語文》第 5 期，頁 347-350、第 6 期，頁 416-423。

胡明揚。1987。《北京話初探》。北京：商務印書館。

胡裕樹等。1995。《現代漢語》（重訂本）。上海：上海教育出版社。

黃伯榮、廖序東。2007a。《現代漢語・上冊》（增訂四版）。北京：高等教育出版社。

黃伯榮、廖序東。2007b。《現代漢語・下冊》（增訂四版）。北京：高等教育出版社。

李　藍。2003。現代漢語方言差比句的語序類型及其地域分佈。收錄於戴昭銘主編：《漢語方言語法研究和探索：首屆國際漢語方言語法學術研討會論文集》。哈爾濱：黑龍江人民出版社，頁 43-54。

李艷惠。2005。省略與成分缺失。《語言科學》第 2 期，頁 3-19。

劉丹青。2008。並列結構的句法限制及其初步解釋。《語法研究和探索（十四）》。北京：商務印書館，頁 1-21。

劉丹青。2015。漢語及親鄰語言連動式的句法地位和顯赫度。《民族語文》第 3 期，頁 3-22。

陸儉明。1984。現代漢語裏的疑問語氣詞。《中國語文》第 5 期，頁 330-337。

呂叔湘。1979。《漢語語法分析問題》。北京：商務印書館。

呂叔湘、饒長溶。1981。試論非謂形容詞。《中國語文》第 2 期，頁 81-85。

呂叔湘、朱德熙。1979。《語法修辭講話》（第二版）。北京：中國青年出版社。

屈承熹、紀宗仁。2005。《漢語認知功能語法》。哈爾濱：黑龍江人民出版社。

石定栩。2002。《喬姆斯基的形式句法 —— 歷史進程與最新理論》。北京：北京語言大學出版社。

司富珍。2004。中心語理論和漢語的 DeP。《當代語言學》第 1 期，頁 26-34。

王　力。1984〔1944〕。《中國語法理論》。收錄於《王力文集・第一卷》。濟南：山東教育出版社。

魏培泉。2007。關於差比句發展過程的幾點想法。《語言暨語言學》第 8.2 期，頁 603-637。

武　果。2006。"主位問" —— 談 "非疑問形式＋呢？" 疑問句。《語言學論叢》第 32 輯，頁 64-82。

徐烈炯。2009。《生成語法理論：標準理論到最簡方案》。上海：上海教育出版社。

徐烈炯、劉丹青。2007。《話題的結構與功能（增訂本）》。上海：上海教育出版社。

袁家驊等。2001。《漢語方言概要（第二版）》。北京：語文出版社。

張洪年。1972。《香港粵語語法的研究》。香港：香港中文大學出版社。

張　赬。2005。從漢語比較句看歷時演變與共時地理分佈的關係。《語文研究》第 1 期，頁 43-48。

張　敏。2002。上古、中古漢語及現代南方方言裏的"否定－存在演化圈"。收錄於 A. Yue, ed., *International Symposium on the Historical Aspect of the Chinese Language: Commemorating the Centennial Birthday of the Late Professor Li Fang Kuei (Volume II)*, 571-616. Seattle: University of Washington.

趙金銘。2002。漢語差比句的南北差異及其歷史嬗變。《語言研究》第 3 期，頁 49-55。

朱德熙。1982。《語法講義》。北京：商務印書館。

朱德熙。1991。"V-neg-VO"與"VO-neg-V"兩種反覆問句在漢語方言裏的分佈。《中國語文》第 5 期，頁 321-332。

左思民。2009。普通話基本語氣詞的主要特點。收錄於程工、劉丹青主編：《漢語的形式與功能研究》。北京：商務印書館，頁 357-372。

Abney, Steven Paul. 1987. The English noun phrase in its sentential aspect. Doctoral dissertation, MIT.

Carnie, Andrew. 2013. *Syntax: A Generative Introduction (Third Edition)*. Malden, MA and Oxford: Wiley-Blackwell.

Chao, Yuen-Ren（趙元任）. 1968. *A Grammar of Spoken Chinese*. Berkeley and Los Angeles: University of California Press.

Cheng, Lisa L.-S.（鄭禮珊）, and Rint Sybesma. 1999. Bare and not-so-bare nouns and the structure of NP. *Linguistic Inquiry* 30, 509-542.

Chomsky, Noam. 1957. *Syntactic Structures*. The Hague: Mouton.

Chomsky, Noam. 1981. *Lectures on Government and Binding*. Dordrecht: Foris Publications.

Chomsky, Noam. 1986. *Knowledge of Language: Its Nature, Origin, and Use*. New York: Praeger.

Chomsky, Noam. 1995. *The Minimalist Program*. Cambridge, MA: The MIT

Press.

Chomsky, Noam. 2007. Approaching UG from below. In Uli Sauerland, and Hans-Martin Gärtner, eds., *Interfaces + Recursion = Language? Chomsky's Minimalism and the View from Syntax-Semantics*, 1-29. Berlin and New York: Mouton de Gruyter.

Collins, Chris. 1997. *Local Economy*. Cambridge, MA: MIT Press.

Dikken, Marcel den. 1995. *Particles: On the Syntax of Verb-Particle, Triadic, and Causative Constructions*. Oxford: Oxford University Press.

Fromkin, Victoria, Robert Rodman, and Nina Hyams. 2014. *An Introduction to Language (Ninth Edition)*. Boston: Wadsworth.

Fukui, Naoki, and Margaret Speas. 1986. Specifiers and projections. In *MIT Working Papers in Linguistics* 8: 128-172. Cambridge, MA: MITWPL.

Guéron, Jacqueline. 1990. Particles, prepositions, and verbs. In Joan Mascaró and Marina Nespor, eds., *Grammar in Progress: Glow Essays for Henk van Riemsdijk (Studies in Generative Grammar* 36, 153-166. Dordrecht: Foris.

Haddican, William, Eytan Zweig, and Daniel Ezra Johnson. 2012. The syntax of *be like* quotatives. In Jaehoon Choi, E. Alan Hogue, Jeffrey Punske, Deniz Tat, Jessamyn Schertz, and Alex Trueman, eds., *Proceedings of the 29th West Coast Conference on Formal Linguistics*, 81-89. Somerville, MA: Cascadilla Proceedings Project.

Haegeman, Liliane. 1994. *Introduction to Government and Binding Theory (2nd Edition)*. Oxford and Malden: Blackwell.

Hauser, Marc D., Noam Chomsky, and W. Tecumseh Fitch. 2002. The faculty of language: what is it, who has it, and how did it evolve? *Science* 298, 1569-1579.

Heim, Johannes, Hermann Keupdjio, Zoe Wai-Man Lam, Adriana Osa-Gómez, Sonja Thoma, and Martina Wiltschko. 2016. Intonation and particles as speech act modifiers: a syntactic analysis. *Studies in Chinese Linguistics* 37, 109-129.

Hsieh, Miao-ling（謝妙齡）. 2001. Form and meaning: negation and question in Chinese. Doctoral dissertation, University of Southern California.

Huang, C.-T. James（黃正德）. 1982. Logical relations in Chinese and the theory of grammar. Doctoral dissertation, MIT.

Huang, C.-T. James. 1984. On the distribution and reference of empty pronouns. *Linguistics Inquiry* 15, 531-574.

Huang, C.-T. James. 1987a. Remarks on empty categories in Chinese. *Linguistic*

Inquiry 18, 321-337.

Huang, C.-T. James. 1987b. Existential sentences in Chinese and (in)definiteness. In Eric J. Reuland and Alice G. B. ter Meulen, eds., *The Representation of (In)definiteness*, 226-253. Cambridge, MA: The MIT Press.

Huang, C.-T. James. 1988. *Wo pao de kuai* and Chinese phrase structure. *Language* 64(2), 274-311.

Huang, C.-T. James. 1991. Modularity and Chinese A-not-A questions. In Carol Georgopolous and Robert Ishihara, eds., *Interdisciplinary Approaches to Language: Essays in Honor of Yuki Kuroda*, 305-322. Dordrecht: Kluwer Academic Publishers.

Huang, C.-T. James. 1992. Complex predicates in control. In Richard K. Larson, Utpal Lahiri, Sabine Iatridou, and James Higginbotham, eds., *Control and Grammar*, 109-147, Dordrecht: Kluwer Academic Publishers.

Huang, C.-T. James. 1993. Reconstruction and the structure of VP: some theoretical consequences. *Linguistic Inquiry* 24: 103-138.

Huang, C.-T. James. 1994. Logical Form. In Gert Webelhuth, ed. *Government and Binding Theory and the Minimalist Program*, 127-173. Oxford: Blackwell.

Huang, C.-T. James. 1997. On lexical structure and syntactic projection. In Feng-fu Tsao and H. Samuel Wang, eds., *Chinese Languages and Linguistics* 3, 45-89. Taipei: Academia Sinica.

Huang, C.-T. James. 1999. Chinese passives in comparative perspective. *Tsing Hua Journal of Chinese Studies* 29(4), 423-509.

Huang, C.-T. James, Y.-H. Audrey Li(李豔惠), and Yafei Li(李亞非). 2009. *The Syntax of Chinese*. Cambridge: Cambridge University Press.

Johannessen, Janne Bondi. 1998. *Coordination*. Oxford: Oxford University Press.

Kayne, Richard S. 1985. Principles of particle constructions. In J. Guéron, Hans Georg Obenauer, and Jean Yves Pollock, eds., *Grammatical Representations*, 101-140. Dordrecht: Foris.

Koopman, Hilda, and Dominque Sportiche. 1991. The position of subjects. *Lingua*, 85: 211-258.

Kuroda, Sige-Yuki. 1988. Whether we agree or not: a comparative syntax of English and Japanese. *Linvisticae Investigationes* 12: 1-47.

Larson, Richard K. 1988. On the double object construction. *Linguistic Inquiry* 19: 335-391.

Larson, Richard K. 2010. *Grammar as Science*. Cambridge, MA.: MIT Press.

Law, Paul（羅振南）. 1996. A note on the serial verb construction in Chinese. *Cahiers de Linguistique - Asie orientale* 25(2), 199-235.

Law, Paul. 2014. The negation *mou5* in Guangdong Yue. *Journal of East Asian Linguistics* 23, 267-305.

Li, Boya. 2006. *Chinese Final Particles and the Syntax of the Periphery.* Utrecht: LOT.

Li, Charles N.（李納）, and Sandra A. Thompson. 1981. *Mandarin Chinese: A Functional Reference Grammar.* Berkeley and Los Angeles: University of California Press.

Li, Yen-hui Audrey（李艷惠）. 1998. Argument determiner and number phrases. *Linguistic Inquiry* 29: 693-702.

Li, Yen-hui Audrey. 2006. Chinese *ba.* In Martin Everaert and Henk van Riemsdijk, eds., *The Blackwell Companion to Syntax*, volume 1, 374-468. Oxford: Blackwell.

Lyons, John. 1995. *Linguistic Semantics: An Introduction.* Cambridge: Cambridge University Press.

Munn, Alan. 1987. Coordinate structure and X-bar theory. *McGill Working Papers in Linguistics* 4.1, 121-140.

Ning, Chunyan（甯春岩）.1996. *De* as a functional head in Chinese. In Brian Agbayani, Kazue Takeda, and Sze-Wing Tang, eds., *UCI Working Papers in Linguistics 1*, 63-79. Irvine, CA: ILSA, University of California, Irvine.

Paul, Waltraud. 2008. The "serial verb construction" in Chinese: a tenacious myth and a Gordian knot. *The Linguistic Review* 25(3/4), 367-411.

Radford, Andrew. 2004. *Minimalist Syntax: Exploring the Structure of English.* Cambridge : Cambridge University Press.

Simpson, Andrew. 2002. On the status of modifying DE and the structure of the Chinese DP. In Sze-Wing Tang and Chen-Sheng Luther Liu, eds., *On the Formal Way to Chinese Linguistics*, 74-101. Stanford: CSLI.

Sio, Joanna Ut-Seong（蕭月嬋）. 2006. *Modification and Reference in the Chinese Nominal.* The Netherlands: LOT (Landelijke Onderzoekschool Taalwetenschap).

Sybesma, Rint. 1992. *Causatives and Accomplishments: the Case of Chinese Ba.* Dordrecht: Kluwer Academic Publishers.

Tang, Sze-Wing（鄧思穎）. 1998. On the 'inverted' double object construction. In Stephen Matthews, ed., *Studies in Cantonese Linguistics*, 35-52. Hong Kong: The Linguistic Society of Hong Kong.

Tang, Sze-Wing. 2001. A complementation approach to Chinese passives and its consequences. *Linguistics* 39: 257-295.

Tang, Sze-Wing. 2015. Adjunct *wh*-words in left periphery. In Wei-Tien Dylan Tsai, ed., *The Cartography of Chinese Syntax*, 131-152. Oxford and New York: Oxford University Press.

Ting, Jen（丁仁）. 1995. A non-uniform analysis of the passive construction in Mandarin Chinese. Doctoral dissertation, University of Rochester.

Ting, Jen. 1998. Deriving the *bei*-construction in Mandarin Chinese. *Journal of East Asian Linguistics* 4, 319-354.

Tsai, Wei-tien Dylan（蔡維天）. 1994. On economizing the theory of A-bar dependencies. Doctoral dissertation, MIT.

Tsai, Wei-tien Dylan. 2008. Left periphery and *how-why* alternations. *Journal of East Asian Linguistics* 17, 83-115.

Tsao, Feng-fu（曹逢甫）. 1979. *A Functional Study of Topic in Chinese: The First Step Towards Discourse Analysis*. Taipei: Student Book Co..

Vries, Mark de. 2006. The syntax of appositive relativization: on specifying coordination, false free relatives, and promotion. *Linguistic Inquiry* 37, 229-270.

Wakefield, John C. 2011. The English equivalents of Cantonese sentence-final particles: a contrastive analysis. Doctoral dissertation, The Hong Kong Polytechnic University.

Wang, William S.-Y.（王士元）. 1967. Conjoining and deletion in Mandarin syntax. *Monumenta Serica* 26, 224-236.

Wu, Yicheng（吳義誠）, and Adams Bomodo. 2009. Classifiers　≠　determiners. *Linguistic Inquiry* 40, 487-503.

Xu, Liejiong（徐烈炯）, and D. Terence Langendoen. 1985. Topic structures in Chinese. *Language* 61(1), 1-27.

Yang, Hsien-yi（楊憲益）, and Gladys Yang. 1963. *Selected Stories of Lu Hsun (2nd edition)*. Peking: Foreign Languages Press.

Zhang, Ling（張凌）. 2014. Segmentless sentence-final particles in Cantonese: an experimental study. *Studies in Chinese Linguistics* 35(2): 47-60.

Zhang, Niina Ning（張寧）. 2009. *Coordination in Syntax*. Cambridge: Cambridge University Press.

Zoerner, Cyril Edward, III. 1995. Coordination: the syntax of andP. Doctoral dissertation, University of California, Irvine.

附錄一　詞類與句法成分

　　這個分佈表説明了漢語 13 類詞類跟句法成分的關係，顯示了他們大致的分佈情況。"謂語"包括"述語"、"賓語"包括"準賓語"，本表並沒有把"述語、準賓語"獨立標示出來。"✓"表示可以出現，有括號的"(✓)"表示雖然可以，但不太常見，或有關現象值得注意，沒有剔號的空格表示不能出現。

	主語	謂語	賓語	定語	狀語	補語
名詞	✓	(✓)	✓	✓		
量詞	(✓)		(✓)		(✓)	
數詞						
區別詞				✓		
代詞	✓	✓	✓	✓	✓	✓
動詞	(✓)	✓	✓			✓
形容詞	(✓)	✓		✓	✓	✓
副詞					✓	
介詞						
連詞						
助詞						
擬聲詞		✓		✓	✓	✓
感歎詞					(✓)	

　　名詞主要做主語和賓語，雖然也可以做謂語，組成名詞謂

語句，但例子很有限制，因此在表中加了括號。名詞做狀語的例子不是完全沒有，只是很有限制，往往組成固定的用法，如"電話購票"、"笑臉迎人"、"現金支付"等（黃伯榮、廖序東2007b：67）。由於較為特殊，本表沒有為名詞做狀語的一格打上剔號。

動詞主要做謂語，但也可以做賓語，如（1）的"記着"是"應該"的賓語。（2）的主語是動詞"勞作"，（3）的主語"懶"是形容詞。在這兩個例子裏，到底"勞作"和"懶"的詞類有沒有改變？一說位處主語的謂詞（包括動詞、形容詞和由他們組成的短語）已改變詞類，由謂詞變為名詞，可稱為"名物化"（nominalization）的現象。這種現象的分析，文獻有爭議，也有不同的考慮，因此表中動詞、形容詞做主語一格的剔號，加上了括號。

（1） 這些字應該**記着** 《孔乙己》
（2） **勞作**便是功德 《敬業與樂業》
（3） 萬惡**懶**為首 《敬業與樂業》

代詞有兩類：一類是體詞類，主要做主語、賓語、定語，分佈跟名詞相似；另一類是謂詞類，主要做謂語、狀語、補語。兩者加起來，成為分佈最廣的一種詞類。

量詞和數詞的分佈非常有限制，本身不能單獨作為句法成分，往往只有兩者合起來用，才能做句法成分，如（4）做主語的"一些"、(5) 做準賓語的"一考",當中的"考"是動量詞。(6) 的"碗"表面上好像單獨使用,事實上,是由原來的"每一碗"的"一"省略。(7) 做主語的"條條",是量詞重疊,單獨一個量詞是不能做主語的。由於做主語、賓語的量詞,限制很大,因此表中的剔號加了括號。量詞重疊能做狀語,如 (8) 的"天天",算是一種特別的用法,在表中的剔號也加了括號,以資識別。此外,一般的語法著作把"數詞+量詞+名詞"組合的"數詞+量詞"分析為定語,修飾後面的名詞短語。本書把量詞當作中心語,跟後面的名詞短語構成中心語和補足語的關係,而不是附接關係 (偏正結構);也把數詞當作中心語,跟後面的量詞短語構成中心語和補足語的關係,並非附接關係 (偏正結構),有異於一般語法著作的做法。因此,數詞和量詞在表中的"定語"一格並沒有加上剔號。

(4)　**一些**不懂了　《孔乙己》

(5)　我便考你**一考**　《孔乙己》

(6)　現在每**碗**要漲到十文　《孔乙己》

(7)　額上的青筋**條條**綻出　《孔乙己》

(8)　人生在世,是要**天天**勞作的　《敬業與樂業》

區別詞主要的作用是做定語,不能做別的句法成分。因此,綜合名詞、量詞、數詞、區別詞、代詞、動詞、形容詞這七種實詞而言,只有名詞、代詞、動詞、形容詞真正能做主語、謂語、賓語，符合實詞的定義。量詞、數詞、區別詞都不能做主語、謂語、賓語，把他們當作實詞，其實是有問題的，值得我們深思。

至於副詞、介詞、連詞、助詞，都不能做主語、謂語、賓語，屬於虛詞。副詞只可以做狀語，但介詞、連詞、助詞不能佔據任何句法成分。這是副詞和其他虛詞的最大區別。

擬聲詞、感歎詞屬於比較特殊的詞類。擬聲詞跟動詞有點相似，但性質跟動詞有異；感歎詞可單獨使用，用作感歎、呼喚，又可置於句首，貌似做狀語，修飾全句。由於跟典型的狀語有別，表中的剔號，加上括號。

附錄二　語言學術語彙編

（按漢語拼音排序）

B

被動句 passive construction　又稱 "被字句"，句式的一種，主要以 "被" 作為標記。"被" 前面的成分是受事，"被" 後面的成分是施事，如 "張三被李四打傷了"。

比較句 comparative construction　又稱 "比字句"，句式的一種，是比較的句式，典型的標記是 "比"，如 "品行卻比別人都好"。

標引 index　句法學的分析工具，用來標示兩個成分之間的關係，一般用下標的字母，如 "$X_i \cdots Y_i$" 的 "$_i$"，或用下標的數字，如 "$X_1 \cdots Y_1$" 的 "$_1$"。

賓語 object　句法成分，表示動作行為所關涉、支配的對象、有聯繫的人或事，跟述語組成述賓結構，如 "撐一支長篙" 的 "一支長篙"。做賓語的成分一定是短語，多數置於 VP 的補足語位置。

不及物動詞 intransitive verb　不帶賓語的動詞，如"那麼叫蒼鷺不要咳嗽"的"咳嗽"。

補語 descriptive / resultative complement　句法成分，用來說明動作行為的狀態、趨向，有一種補充、說明的效果，跟述語組成述補結構，如"也許你真是哭得太累"的"太累"。做補語的成分一定是短語，置於 VP 的補足語位置。"補語"和"補足語"是兩個不同的概念。

補足語 complement　在短語產生的過程中，第一個跟中心語合併的成分。中心語可以在補足語之前或之後，由個別語言決定。做補足語的成分一定是短語。"補足語"和"補語"是兩個不同的概念。

C

陳述句 declarative　句類的一種，用來敍述、說明事件的小句，最常見、使用最廣泛的句類，如"第一要敬業"。

處置句 disposal construction　又稱"把字句"，句式的一種，通過"把"對受事加以處置，表達了一種處置意義。"把"後面的成分是賓語，表達受事，如"那麼你先把眼皮閉緊"。

詞 word　語素之上的語法單位，最小的能夠單獨做句法成分或單獨起語法作用的語言成分，即可以獨立運用的成分。詞由語素組成，詞可進一步組成短語。

詞法學 morphology　又稱"形態學"，語言學研究的一個分支，研究詞的內部構造，以語素作為基本單位，主要研究語素和語素的組合、語素和詞的組合、詞和詞的組合等問題。跟句法學組成語法學。

詞根 root　表示詞的基本意義，即意義較為"實"的詞彙意義，為詞綴所依附的部分，如："第二"的"二"為詞根，"第"為詞綴；"漲紅了"的"漲紅"是詞根，"了"是詞綴。

詞類 part of speech　又稱"範疇"（category），詞的分類，以詞的語法功能來劃分。語法功能包括詞充當句法成分的能力，還有跟其他成分的組合能力。

詞綴 affix　表示詞的附加意義，如較為"虛"的語法意義，形式上有黏着的特性，不能單獨使用，必須跟詞根合成一個詞。黏附在詞根前的詞綴為前綴，黏附在詞根後的詞綴為後綴。

從屬小句 subordinate clause　又稱"從句、偏句"，組成複句的小句，屬於分句的一種，意義從屬於主導小句，組成偏正複句。

D

代詞 pronoun　詞類，一類是體詞類，主要做主語、賓語、定語；另一類是謂詞類，主要做謂語、狀語、補語。有代替、指示的作用。在樹形圖可以用"D"來表示。

單純詞 monomorphemic word　由一個語素組成。分為單音節單純詞、雙音節 / 多音節單純詞。單音節單純詞由一個音節的語素所組成，如"的"、"一"、"不"、"我"等。雙音節由兩個音節的語素組成，多音節單純詞由超過兩個音節的語素組成，包括疊音詞（如"悄悄"）、聯綿詞（如"伶俐"）、音譯外來詞（如"法蘭西"）、其他（如"孔乙己"）。

遞歸 recursiveness　人類語言的特點，掌管語言組合方式的規律可以重複應用，由此可產生無限多的組合。

定語 attributive　句法成分，用來修飾體詞類成分，組成偏正結構，又稱"定中結構"，如"西天的雲彩"的"西天的"。做定語的成分一定是短語，以附接的方式加到由體詞組成的短語之上，如 NP。

動詞 verb　詞類，通常做謂語或述語，也可做補語，表示動作、行為、心理活動或存在、變化、消失等。有些動詞可加"了"、"過"、"着"等後綴，有些能帶賓語。在樹形圖用"V"來表示。

短語 phrase　又稱"詞組"，是詞以上的語法單位，也是詞和小句之間的一個層次。短語由詞組成，不能缺少中心語，但不一定有補足語、指定語。

F

反覆問句 A-not-A question / VP Neg question　又稱"正反問句"，由謂語的肯定形式和否定形式並列而成，如"你吃不吃飯？"。回答反覆問句的答案，肯定的答案是重複謂語的肯定形式，否定的答案是重複謂語的否定形式。

分句　見"複句"

副詞 adverb　詞類，只能做狀語，用來限制、修飾謂詞，置於謂詞的左邊，表示方式、程度、範圍、時間、處所、否定、情態、語氣等意義。在樹形圖用"Adv"來表示。

複合詞 compound　見"合成詞"

附接 adjunction　合併的一種方式，把一個成分加到已完成的短語之上。附接沒有改變短語原來的標籤，只是在結構之上多加一層，對原結構沒有改動。主要以此形成偏正結構。

附接語 adjunct　通過附接的方式所形成的成分。可以出現在原結構的左邊或右邊，由個別語言決定。做附接語的成分一定是短語。

複句 compound sentence　又稱"複合句"，由兩個或以上的小句組成。組成複句的小句可稱為"分句"。

G

感歎詞 interjection　詞類，表示感歎和呼喚、答應的詞，可以單獨使用，甚至獨立成句。

感歎句 exclamative　句類的一種，表達濃厚感情，往往體現在充滿感情的語調，如"難！難！"。

根句 root clause　完整的句子，包含語氣，語法中最大的單位，可以單獨使用，體現為樹形圖最頂端的一層，即 FP。

關係小句 relative clause　又稱"定語從句"，用來修飾名詞短語的小句，如"一位法國學者著的書"的"一位法國學者著的"、"叫他鈔書的人"的"叫他鈔書的"。

冠詞 article　詞類，主要作用是區分名詞的有定和無定意義，如英語的有定冠詞"the"、無定冠詞"a"，而漢語缺乏冠詞。在樹形圖可以用"D"來表示。

H

合併 Merge　形成短語的句法操作，每次的合併把兩個成分湊合在一起，形成短語。合併可以重複應用，產生複雜的結構。

合成詞 polymorphemic word　由兩個或兩個以上的語素組成。可分為複合式、附加式、重疊式。複合式合成詞又稱"複合詞"，包括主謂式、述賓式、述補式、偏正式、聯合式五種。附加式合成詞由詞根和詞綴構成。重疊式合成詞由相同的詞根語素重疊構成。

後綴 suffix　見"詞綴"

話題 topic　又稱"主題"，為評述所說明的對象，跟評述組成話題和評述的關係，形成話題句。話題一般置於句首，表述已知的舊信息，如"這位言行相顧的老禪師，老實不客氣"的"這位言行相顧的老禪師"。

話題句 topic construction　見"話題"

話題鏈 topic chain　數個包含無聲主語的主謂結構，通過指向相同的話題，跟話題建立起聯繫，好像形成一條鏈。

話語 discourse　比句子更高一層的語言單位。

J

及物動詞 transitive verb　帶一個賓語的動詞，如"那就能買一樣葷菜"的"買"。

兼語句 pivotal construction　句式的一種，由兩個謂詞成分組成，這兩個謂詞成分，分別陳述不同的主語，第一個謂詞成分的賓語同時理解為第二個謂詞成分的主語，如"我叫紙錢兒緩緩的飛"。

介詞 preposition　詞類，又稱"前置詞"，主要作用在於引出與動作相關的對象、處所、時間等。介詞必須帶上賓語，組成介詞短語。在樹形圖用"P"來表示。

句法成分 syntactic constituent　構成語法關係的單位，包括主語、謂語、述語、賓語、補語、定語、狀語。除述語由詞組成外，其他的句法成分由短語組成。

句法學 syntax　語言學研究的一個分支，研究句的內部構造，以詞作為基本單位，主要研究詞、短語、小句、句子等成分的組合問題。跟詞法學組成語法學。

句類 clause type　按功能為小句分類，包括陳述、疑問、祈使、感歎四種基本句類。

句末助詞 sentence-final particle　見"助詞"

句式 clause pattern　根據形式特徵為小句所劃分的類別，由個別語言的特點所決定，按照個別語言的情況和習慣分類。漢語常見的句式如連謂句、兼語句、被動句、處置句、比較句等。

句子 sentence　由小句組成，是小句以上的語法單位，所表達的意義是語氣。又稱"根句"，語法最大的單位，可以單獨使用，體現為樹形圖最頂端的一層，即 FP。

K

空語類 empty category　沒有聲音的詞，屬於無聲的詞類，可以用"e"來表示。被省略的主語，可分析為一個空語類，如"這位言行相顧的老禪師，e 老實不客氣"的"e"。

L

連詞 conjunction　詞類，起連接作用，用來連接短語、小句，表示並列、選擇、遞進、轉折、條件、因果等關係。在樹形圖可以用"Co"或"C"來表示,"Co"包括"和"、"或"等連接短語的連詞,"C"包括"如果"、"除非"等連接小句的連詞。

聯合結構 coordination　又稱"並列結構",由語法地位平等的成分組成,如"地位和才力"。

連謂句 serial verb construction　又稱"連動句",句式的一種,由兩個謂詞成分組成,這兩個謂詞成分,都陳述相同的主語,如"我正合了眼坐着"。

量詞 classifier　詞類,出現在數詞之後,一般不能做句法成分,主要表示計算單位。在樹形圖用"Cl"來表示。

M

名詞 noun　詞類,主要做主語和賓語,可跟量詞搭配,但不受副詞修飾,主要表示人、事物、時間、處所、方位等。在樹形圖用"N"來表示。

N

擬聲詞 onomatopoeia　詞類,模擬聲音的詞,又叫"象聲詞",可以做狀語、定語、謂語、補語,可以單獨使用,甚至獨立成句。

P

評述 comment　又稱"評論"，用作說明話題，跟話題組成話題和評述的關係，形成話題句。話題置於句首，而評述在話題的後面，表述新信息，如"這位言行相顧的老禪師，老實不客氣"的"老實不客氣"。

普遍語法 Universal Grammar　可簡稱"UG"，研究人類語言具有普遍特性的理論，用以解釋語言一致性的特點。

Q

祈使句 imperative　句類的一種，表達了請求、要求、命令等作用，如"記着！"。

嵌套小句 embedded clause　做賓語的小句，如"相信他一定能得到相當職業"的"他一定能得到相當職業"。

前綴 prefix　見"詞綴"

區別詞 non-predicative adjective　詞類，主要做定語，不能受程度副詞"很"修飾。所表示的是人和事物的屬性，是一種分類標準。在樹形圖用"A"來表示。

全稱量化 universal quantification　語義的概念，有每一、逐一的意思，如漢語的"每"、"所有"，英語的"every"、"all"等詞能表示全稱量化。

S

生成語法學 generative grammar　有充分解釋力的語法學理論，主要從結構形式入手，探討人類語言的特點。假設人類先天已有一個跟語言有關的裝置，配合後天的學習，能衍生出無窮盡的新句子，具有創造性。生成語法學最早由 Chomsky（1957）所提出。

實詞 content word　詞類的一個大類，能夠做主語、賓語、謂語，絕大部分能單說，位置不固定，屬於開放類，主要表示事物、動作、行為、變化、性質、狀態、處所、時間等。實詞包括名詞、量詞、數詞、區別詞、代詞、動詞、形容詞。

是非問句 yes-no question　通過加上助詞"嗎"、用上升疑問語調等方式組成的疑問句，如"難道不做工就不苦嗎？"。回答是非問句，肯定的答案通常說"是"、"對"，否定的答案通常說"不"。

事件 event　屬於時間概念，跟動作、行為、狀態等相關。有動態的事件，也有靜態的事件。

施事 agent　語義的概念，執行動作的人或有生命的物體，如"孩子吃完豆"的"孩子"。

受事 patient　語義的概念，受動作影響的人或事物，如"再打折了腿"的"腿"。

數詞 number　詞類，通常跟量詞結合，表示數目、次序，不能做句法成分。在樹形圖用 "Num" 來表示。

樹形圖 tree diagram　描繪語法結構的形式化工具，形狀像樹，因而得名。樹形圖的分析原理，並非專門為某一語言設計，而是能適用於所有語言。

述語 predicator　句法成分，表示動作、行為，可跟賓語構成述賓結構，如 "撐一支長篙" 的 "撐"；可跟補語構成述補結構，如 "也許你真是哭得太累" 的 "哭得"。做述語的成分一定是詞，置於 VP 的中心語位置。

雙賓動詞 ditransitive verb　又稱 "雙及物動詞"，即帶兩個賓語的動詞，包括間接賓語和直接賓語，組成雙賓句。間接賓語一般指接受事物的人；直接賓語一般指事物，是行為所關涉、支配的對象。如 "送他一本書" 的 "送" 是雙賓動詞、"他" 是間接賓語、"一本書" 是直接賓語。

雙賓句 double object construction　見 "雙賓動詞"

T

特指問句 wh-question　由疑問代詞組成的疑問句，如 "誰曉得？"。

體 aspect　跟時間相關的語法概念，通過特定的語法方式，觀察事件進展的過程，可分為動作完成的完成體、動作持續的未完成體。

體詞 substantive 主要做主語、賓語，一般不做謂語，包括名詞和跟名詞相關的詞類，如名詞、區別詞、數詞、量詞、體詞性代詞，以名詞作為典型代表。

W

完成時 perfect 時態概念，小句所指向的時間，是在事件的發生之後，如英語的"I had left"、"I have left"、"I will have left"等例子。

謂詞 predicative 主要做謂語，如動詞、形容詞、謂詞性代詞。

謂語 predicate 句法成分，用來陳述主語，跟主語組成主謂結構，表達特定的動作、行為、狀態等事件意義，如"孩子吃完豆"的"吃完豆"。做謂語的成分一定是短語，常由 VP 組成，置於 T 的補足語位置。

無定 indefinite 又稱"不定指"，表示不確定的某些人或某些事物。對聽話人而言，那些不確定的人或事物，是初次在語境聽到的，屬於新信息，如"下面墊一個蒲包"的"一個蒲包"。

X

小句 clause 由主謂結構組成，主謂結構以上的語法單位，也是主謂結構和句子之間的一個層次，表達時間意義、句類。只能作為句子的一部分，不能單獨使用，在樹形圖體現為 CP。

星號 asterisk　即 "＊"，語法學用來表示不能接受、不合語法的例子。

形容詞 adjective　詞類，通常做謂語、定語、狀語，也可做補語受程度副詞修飾而不能帶賓語的謂詞，表示性質、狀態。在樹形圖用 "A" 來表示。

虛詞 functional word　詞類的一個大類，不能做主語、賓語、謂語，絕大部分不能單說，位置是固定的，屬於封閉類，只起語法作用，或表示一些較為抽象的邏輯、語法概念。虛詞包括副詞、介詞、連詞、助詞。

選擇問句 disjunctive question　通過 "還是" 連接選擇的部分所組成的疑問句，如 "他們打籃球還是打排球？"。

Y

言語行為 speech act　跟說話人說話時的意圖、從聽話人取得的效果等相關，包括承諾、指令、表情、宣告等內容，聯繫了說話人跟語境的關係，屬於語用的層面。

移位 movement　句法操作，屬於句法現象，表面上看來好像是一種移動的過程，如 "腿，怎麼會打斷" 的 "腿" 由原來 "怎麼會打斷腿" 的賓語位置跑到句首的位置。

疑問句 interrogative　句類的一種，用來提問的小句，可通過

疑問代詞、句末助詞、語調、特定的詞或句式等方式表示，如
"誰曉得？"。

音節 syllable　音系學的概念，是音系的一個單位。以漢語的
情況而言，元音是組成音節的核心，也可跟輔音結合成為音
節。一般的音節劃分為聲母、韻母、聲調三個部分。

音系學 phonology　語言學研究的一個分支，主要研究音和音
的組合。又稱"音韻學"、"聲韻學"。

有定 definite　又稱"定指"，表示可識別的人或事物。對聽話
人而言，是早已知道的、能確定的人或事物，屬於舊信息，如
"於是這一群孩子都在笑聲裏走散了"的"這一群孩子"。

語調 intonation　說話時通過語音的高低升降所呈現的現象，
有一定的語義、語用的效果，如表達反問、感歎、請求、敍
述、諷刺、意在言外等作用。

語法關係 grammatical relation　從語法功能的角度，描述詞和
短語、短語和短語的組合關係。構成語法關係的單位是句法成
分。基本的語法關係有五種：主謂關係、述賓關係、述補關
係、偏正關係、聯合關係。

語法學 grammar　由詞法學和句法學組成，研究詞法和句法現
象，關心語素、詞、短語、小句、句子等成分的組合，總覽由
語素到句子的組成問題。

與格結構 dative construction　句式的一種，由兩個賓語組成，
一個是由名詞短語組成的直接賓語，另一個是由介詞短語組成

的間接賓語。間接賓語一般指接受事物的人；直接賓語一般指事物，是行為所關涉、支配的對象。如"送一本書給他"的"一本書"是直接賓語，"給他"是間接賓語。

語跡 trace　成分移位後在原來的地方所留下的一個印記，用"*t*"來表示。

語氣 mood and speech act　語義、語用的概念，可以包括語態、言語行為，甚至跟其他話語相關的特點有關。

語氣詞 utterance particle　見"助詞"

語素 morpheme　語法最小、有意義而且具備形式的語言成分，是最小的語法單位，也可以理解為最小的音義結合體。語素可組成詞。有些語素能單獨成詞，如"大"；有些語素不能單獨成詞，如"幸虧"的"幸"。

語態 mood　説話人對小句的內容所表達的態度，如不肯定、明確、含糊、推測等。

語言 language　一個有複雜組織的系統，可以用來溝通，作為傳情達意的工具。

語言機制 language faculty　負責掌管語言功能，是人類與生俱來的裝置。

語言習得 language acquisition　又稱"語言獲得"。主要指兒童掌握語言的發展過程，又稱"第一語言習得"。

語言學 linguistics　研究語言的學科，包括研究語言知識的構成、獲得、使用的問題。

語義學 semantics 又稱"語意學"，語言學研究的一個分支，研究語言的意義，包括研究組合意義的規律。

Z

指定語 specifier 又稱"指示語"，在短語產生的過程中，第二個跟中心語合併的成分。指定語一般都在左邊，做指定語的成分一定是短語。

直接引語 quotation 說話直接被引用，作為句子的一部分。書面上，直接引語一般用加上引號。

中心語 head 決定短語類型的核心成分。中心語由詞充當，中心語的詞類決定了短語的標籤，如動詞 V 組成動詞短語 VP。中心語是短語結構理論的概念，跟傳統語法學著作所講的"中心語"（如"定中結構、狀中結構"的"中"）並不一樣。

助詞 particle 詞類，附着在小句上，出現在句末，表示時間、焦點、程度、感情等意義，又稱"句末助詞"、"語氣詞"，在樹形圖可以用"T"或"F"來表示；也有些附着在短語、小句上，表示結構關係，如"的"。

主導小句 superordinate clause 又稱"主句"、"正句"，組成複句的小句，屬於分句的一種，是整個複句的主要表達所在，跟從屬小句組成偏正複句。

主語 subject 句法成分，被謂語所陳述的對象，跟謂語組成主謂結構，如"孩子吃完豆"的"孩子"。做主語的成分一定是短語，置於 TP 的指定語位置。

準賓語 frequency / duration object　由動量詞、時量詞組成的賓語，跟典型的賓語有異，如"才可以笑幾聲"的"幾聲"、"所以過了幾天"的"幾天"。

狀語 adverbial　句法成分，用來修飾謂詞類成分，組成偏正結構，又稱"狀中結構"，如"慢慢的結賬"的"慢慢的"。做狀語的成分一定是短語，以附接的方式加到由謂詞組成的短語之上，如 VP。

後　記

　　語法分析的宗旨，就是窺探組詞成句的規律，從而認識語言的本質。在尋找規律之路上求索，其樂無窮，既能體會語言現象萬變不離其宗的道理，又能欣賞語言精密之美，讚歎人類的神奇。這份喜樂，希望能廣為分享，引起眾人對尋找規律的興趣，啟發對解釋現象的好奇心，燃點起追求學術真理的火，這正是鞭策着筆者在教學的動力。拙著的撰寫，可謂遊歷於尋找規律之路的一點見證，也作為分享見證的一點憑據。

　　拙著的分析立足於書面語、普通話，輔以經典白話文例句，適當延伸到粵語，並兼論漢英語法的異同，兼顧"兩文(中文和英文)三語(普通話、粵語、英語)"。參考常用的語法學著述，進一步簡化筆者《形式漢語句法學》的理論分析和術語，祈望能提出一個綜合而簡約的語法體系，既適用於漢語語法、方言語法、比較語法等研究和教學，又能應用在生成語法學的句法分析，彌補目前文獻的不足。

　　筆者本學年研修，有幸在麻省理工學院任訪問學者，聽課聽講座，啟發甚多，獲益匪淺。研修期間，擺脫羈絆，心無雜念，專心寫作，順利完成拙著，總算不枉此行。商務印書館的葉佩珠女士、毛永波先生對筆者的支持，感激萬分。姚道生先生多番督促鼓勵，蔡瑋女士幫忙整理資料，葉家輝先生於拙著付梓前細心校閱，在此一併道謝。家人的關愛與付出，恩重難報，銘記於心。

鄧思穎
2018 年 1 月記於麻省理工學院